AF146568

DER BESUCH DER RUSSIN

David Bielmann
als Pierre Paillasse

DER
BESUCH
DER
RUSSIN

1. Auflage 2016

Alle Rechte vorbehalten

Umschlaggestaltung:
Fabienne Bielmann
Graphic & Web Dimorph.ch

© 2016
Herstellung und Verlag:
BoD – Books on Demand, Norderstedt

ISBN:
978-3-7412757-8-4

1

Obwohl sein wuchtiger Körper dafür schlecht geeignet war, schritt Fredi Egger leichtfüssig über die Zähringerbrücke. Die Sonne schien und glitzerte in der Saane, Amseln und Drosseln sangen romantische Lieder, die Bäume an den Hängen zur Unterstadt hin gaben einen zärtlichen Duft ab ... Und die Welt war eben doch gerecht, denn Fredi hatte eine Verabredung mit Inga Vonlanthen, der bezauberndsten Frau der Welt, die er zu seiner Schande noch nie geküsst hatte. Was der Sache so nicht ganz gerecht wurde: Zwar stimmte es, er hatte sie noch nie geküsst, aber das klang beinahe vorwurfsvoll, und der Wahrheit näher kam wohl, dass *sie* ihn noch nie geküsst hatte, denn er war für den bis heute ausgebliebenen Kuss nicht die treibende Kraft gewesen.

Überhaupt besassen Küsse in Fredis Leben keine spezielle Bedeutung. Die leidenschaftlichsten Küsse hatte er einst mit Roberta, Mitarbeiterin in einem Etablissement in der Grand-Fontaine ausgetauscht, wovon die meisten privater Natur und damit kostenlos gewesen waren. Roberta war eine starke Raucherin, und bei jedem Kuss hatte Fredi ein bisschen mitgeraucht, woran er bald das Interesse verlor. Für die bislang letzten Küsse war eine Frau namens Nadia oder Nadine verantwortlich, die er kürzlich im Wartezimmer des Sozialamts kennengelernt hatte. Ein paar Treffen, dabei hatten sich halt auch mal ihre Lippen berührt, mehr aus Prinzip denn aus Verlangen, es waren rein statistische Küsse gewesen. Jedenfalls hielt Fredi das Küssen danach für etwas Unnützes, gar Albernes, etwas, das mal zwei Verrückte erfunden hatten, im Rausch von vergorenen Äpfeln vielleicht, und damit einen seltsamen Brauch eingeführt hatten, der bald den ganzen Globus eroberte.

Seit Ingas Nachricht sah er die Küsserei nicht mehr so kritisch. Denn Ingas geschwungenen Mund, ihre zarten Lippen, ihre warme Zunge, die wollte er küssen, sogar er, weil er Inga liebte, seit drei Jahren schon, und weil ein Kuss vielleicht doch mehr war als ein vorzeitlicher Unsinn, der sich in die Moderne gerettet hatte. Und dieser ersehnte Kuss, der stand nun, nachdem sie sich drei Jahre nicht bei ihm gemeldet hatte, plötzlich wieder zur Diskussion.

Mit einer in süssen Worten abgefassten Kurzmitteilung hatte sie ihn gestern zu einer Aussprache eingeladen – überwältigt vor Aufregung war ihm beinahe das Bier aus der Hand gefallen. Und erst nachdem er sich vom Sofa erhoben, sich wieder hingesetzt, das angefangene Bier und noch eins getrunken hatte, wurde ihm allmählich bewusst: Auch sie war nie über das unrühmliche Ende ihrer Verbindung hinweggekommen, auch sie hatte darunter gelitten, ihn so lange zu ignorieren.

Natürlich hatte sie ihre Gründe dafür gehabt, nichts mehr mit ihm zu tun haben zu wollen. Aber diese unglücklichen Umstände, die damals zum Zerwürfnis geführt hatten, noch bevor man sich richtig ineinander verliebte, gehörten endgültig der Vergangenheit an.

Dass sie ihn ins Café Le Tunnel führte, eine dunkle Spelunke in der Reichengasse, fand Fredi jedoch bei aller Euphorie etwas seltsam.

Um die Jahrtausendwende war das Tunnel ein beliebter Knotenpunkt des verkommenen Volks gewesen. Hier versammelten sich die Sünder der Stadt, um ihr Werk zu zelebrieren. Fluchende Alkoholiker, bekiffte Schwarzfahrer, Verehrer von dreckigen Chansons, Ketzer, Diebe, Lügner – alles, was Rang und Namen hatte, verkehrte hier, weshalb auch Fredi, geködert durch die billigste Halbliterflasche Cardinal des gesamten Freiburger Nachtlebens, insgesamt eine Zeitspanne im Tunnel verbrachte, die seine Kusszeit um ein Vielfaches übertraf.

Auch wenn seitdem viele Jahre vergangen waren, tief im Geiste hatte sich Fredi kaum verändert. Er war immer noch der ruhige, bescheidene, tolerante Typ mit dem Bier in der Hand von damals. Natürlich konnten diese an sich positiven Eigenschaften auch mal ins Asoziale kippen, wenn man es mit ihnen übertrieb, aber damit tat er niemandem weh, höchstens dem Steuerzahler, und als Steuerzahler bezeichneten sich vor allem frustrierte Egoisten.

Eine wichtige Entwicklung hingegen, die Fredi vollzogen hatte, betraf das Bier in seiner Hand, denn das Cardinal-Bier hatte seinen damaligen Liebreiz eingebüsst, seit es von Kapitalisten verschluckt worden war. Zum Glück gab es genug andere Biere auf dieser Welt, mit denen man über die Runden kam.

Irgendwie passte das Tunnel doch zu Inga, dachte Fredi nun, als er das Hochzeitergässchen passierte. Sie gehörte nicht zu jener Sorte, mit der man nach einem Eistee Salsa tanzen gehen musste. Sie war eine ganz unkomplizierte Frau, trank Bier, besuchte Eishockeyspiele. Deshalb hatte er auch keine Rose mitgebracht. Weil sie eine Rose, ebenso wie Fredi, als einfallslose Peinlichkeit betrachtete, die man dann auch noch für alle sichtbar durch die Strassen führen musste, da sie nirgends zu verstauen war, ohne dass man sie zerbrach. Dann trug man sie wie ein Messdiener die brennende Kerze vor sich her oder liess sie aus einer Tasche hervorragen, und verriet der Welt, dass man ein hoffnungsloser Idiot war oder sich eben mit einem getroffen hatte.

Angesichts des bevorstehenden Treffens war aber auch Fredi ein paar Kompromisse eingegangen. Aus dem Dunkel seines Kleiderschranks hatte er ein Mötley-Crüe-Shirt ausgegraben, das ganz ohne obszöne Motive daherkam. Zum letzten Mal hatte er es bei einem Vorstellungsgespräch getragen, mit dem er gute Erinnerungen verband: Er hatte den Job nicht bekommen. Unten trug er anstelle der üblichen Trainerhose unbequeme Jeans, die sich bei jedem Schritt in die Kniekehlen schnitten. Ausserdem hatte er sich extra für das Treffen frisch geduscht, nicht aber rasiert, denn der Bart, der war schon beinahe ein Charakterzug von Fredi, und wenn er den nun weggemacht hätte, wäre das ähnlich verlogen gewesen, wie eine Rose mitzubringen.

Zehn Meter vor der Tür zum Tunnel blieb er stehen, um sich kurz zu erholen, denn ein Mann ausser Atem hatte etwas ausgesprochen Uncooles an sich. Ausseratemsein war eng mit den Lastern Stress und harte Arbeit verbunden, und gestresste und hart arbeitende

Leute waren bekanntlich solche, die vom Leben nichts begriffen hatten.

Während er sich also tunlichst wieder von diesen naiven Zeitgenossen abzuheben versuchte, dabei den Schweiss an seinem Körper wahrnahm, kam ihm mit Bedenken in den Sinn, dass er es aus Gewohnheit versäumt hatte, einen Strahl Deo unter die Arme zu spritzen. Unauffällig hob er die Schultern an, neigte den Kopf kurz nach links und nach rechts, um seine Emissionen zu prüfen. Er fand, dass die Umwelt schon schlimmere Tage erlebt hatte. Und Inga war gewiss eine jener Frauen, die Biologie lieber mochten als Chemie. Er fuhr sich ein letztes Mal durch sein lichtes Haar und ging geradewegs auf den Eingang zum Tunnel zu.

Entschlossen öffnete er die Tür, verspürte nun doch ein ordentliches Bauchkribbeln, das sich bis in die Fingerspitzen erstreckte. Ja, er war nervös. Das war halt der Preis, den man bezahlte, wenn man ohne einen Schluck Bier aus dem Haus ging.

Als er sich in der Spelunke umsah, die gar nicht mehr so dunkel, ja die eigentlich gar keine Spelunke mehr war, blieb Fredi plötzlich wie von einem Puck getroffen stehen. Im Raum befand sich eine einzige Person, sie sass im hinteren Teil an einem Tisch, hatte einen Kaffee vor sich stehen und blätterte geschäftig in einer Zeitung. Und diese Person war nicht Inga, obwohl Fredi weder zu früh noch zu spät gekommen war.

Diese Person war Big Bad Boy, oder Petrus, oder wie auch immer dieser Loser hiess oder genannt werden wollte.

Fredi ahnte augenblicklich Unheil. Innerhalb der Zeit, in der ihm eine kalte Schweissperle von der rechten Achselhöhle auf die Hüfte herabfiel, wurde Fredi klar, dass die Nachricht, die er gestern von einer zwar unbekannten Handynummer erhalten hatte, die aber ganz eindeutig mit *Inga V.* unterschrieben war, etwas damit zu tun hatte, dass Big Bad Boy an diesem durchschnittlichen Sonntagmorgen Ende August im Tunnel sass, und zwar so, dass er den ganzen Raum überblicken konnte.

«Hey alter Penner!», rief Big Bad Boy ihm lächelnd zu und hob zum Gruss die Tasse. «Komm her, setz dich!»

«Nenn mich nicht alter Penner», antwortete Fredi mit einer tiefen und langsamen Stimme, in der sein ganzes Entsetzen, Big Bad Boy statt Inga anzutreffen, vibrierte.

Big Bad Boy lachte. «Penner nennt man ja nicht nur die Kerle auf der Strasse, Penner nennt man auch die, die den halben Tag im Bett, also die so lange –»

«Wo ist Inga?», fragte Fredi streng, während er an den Tisch herantrat.

Big Bad Boys Unbeschwertheit verflog. «Fredi … Komm, setz dich doch erst einmal.»

«Wo ist sie?» Fredi wurde lauter.

«Es tut mir leid, Fredi.»

Fredi Egger hatte in seinem Leben schon viele Ohrfeigen bekommen, sowohl mit einer Hand als auch im metaphorischen Sinn. Aber das, was ihm hier gerade widerfuhr, war die schallendste Ohrfeige seines Lebens. Kurz wurde ihm schwindlig. Er hätte Big Bad Boy die Faust unters Kinn schlagen sollen, aber die Enttäuschung machte ihn kraftlos. Er hätte also, wie ein Sack Kartoffeln ohne Kartoffeln, in sich zusammenfallen sollen, aber die Wut hielt ihn auf den Beinen. So blieb er stehen, ein unberechenbares Konglomerat aus Enttäuschung und Wut, das nicht wusste, was aus ihm werden sollte, und sagte bitter: «Warum hast du das getan?»

«Ich musste unbedingt mit dir reden!» Und da waren sie wieder. Die berühmten Augen von Big Bad Boy. Sie funkelten wieder, irgendwo zwischen Wahnsinn und Delirium und Gier, wie damals vor drei Jahren, als er eine Einbruchstour geplant und Fredi zu seinem Komplizen erkoren hatte. Eine Einbruchstour war es am Ende nur auf dem Papier gewesen. De facto wurde es ein Desaster, bei dem Fredi allerdings, das musste er fairerweise zugeben, Inga kennengelernt hatte.

«Und deshalb gibst du dich als Inga aus?»

«Wärst du denn sonst auch gekommen?», fragte Big Bad Boy vorwurfsvoll.

Und gab Fredi damit endgültig Gewissheit, dass er einem riesigen Irrtum erlegen war. Neben der Wut auf Big Bad Boy kam nun die Wut auf sich selber dazu. Wie konnte er nur so hirnlos sein und glauben, Inga wolle sich aus heiterem Himmel mit ihm treffen? Denn bestimmt erinnerte sie sich noch an den eiskalten Fredi, der unbefugt in ihre Wohnung eingedrungen war, nicht mehr aber an den charmanten Fredi, mit dem sie am Abend zuvor bei einem Bier über Gott und Gottéron gesprochen hatte.

«Komm Fredi, nimm Platz. Ich bezahl dir ein Bier», sagte Big Bad Boy einladend.

Fredi wollte das Angebot schon entsetzt ausschlagen und Big Bad Boy so zum Teufel jagen, wie er es verdient hätte, aber dann besann er sich. Wenn ihm jemand ein Bier anbot, hatte er noch nie widersprochen. Und ein Bier brauchte er jetzt sowieso.

Er setzte sich und bestellte einen Masskrug, denn Big Bad Boy hatte keine präzisen Angaben über die Grösse des Biers gemacht, das er spendieren wollte. Jetzt sass er also da, nicht wie erwartet mit Inga, sondern mit Big Bad Boy. Das war wohl die wildeste Achterbahnfahrt, die man sich vorstellen konnte. Das fühlte sich ähnlich an, wie wenn John Fritsche vom HC Freiburg Gottéron kurz vor Spielende eine Hundertprozentige versiebt, und Tristan Scherwey im Gegenzug für den SC Bern zum Siegtor trifft.

Fredi widmete sich zunächst ganz dem Bier. Nach Big Bad Boys skandalöser Vorgehensweise war er noch weit davon entfernt, ihm Kollegialität zu erweisen. Big Bad Boy hatte mit seiner Einschätzung schon richtig gelegen. Auf die Frage, ob man sich wieder einmal treffen könnte, hätte Fredi wie schon die letzten paar Male mit einer Ausrede geantwortet. Sozialamt. Zahnarzt. Einkaufen. Sozialamt. Zahnarzt. Sozialamt. Dass das nicht sehr glaubwürdig klang, war ihm selber auch klar gewesen. Aber dass er Big Bad Boy damit auf behutsame Weise beibringen wollte, seine Gesellschaft derzeit nicht besonders zu schätzen – darauf wäre der Idiot nicht gekommen.

Was wollte man schon mit einem wie Big Bad Boy? Es gab unzählige Gründe, ihn zu meiden: Er war ursprünglich Berner, hiess mit bürgerlichem Namen Petrus, nannte sich Big Bad Boy, interessierte sich nicht für Eishockey. Und offenbar hatte er sich eine neue Extravaganz zugelegt: Er trug weisse Seidenhandschuhe, die in ihrer Peinlichkeit sogar das Mitbringen einer Rose übertrafen.

«Wie gehts so?», fragte Big Bad Boy mit einer aufgesetzten guten Laune.

Fredis Feindseligkeit gegenüber diesem Typen wurde noch ein Stück grösser. Trampelte wie ein Barbar auf seinen Gefühlen herum – für die er, Fredi, zugegebenermassen nicht gerade bekannt war, aber so etwas wie ein Herz besass er dann doch –, und gestattete sich daraufhin, lächelnd zu fragen, wie es ihm gehe. Fredi musste etwas gegen die Aggressionen tun, die er im Bauch, in den Fingerspitzen, vielleicht sogar im Herzen verspürte, etwas zerschlagen zum Beispiel, oder sich mindestens drei Schlucke Bier am Stück verabreichen. Er entschied sich zu Big Bad Boys Glück für Letzteres.

«Es geht mir blendend, Big Bad Boy», sagte er fünf Schlucke später.

«Schön, sehr schön! Und was gibts Neues?»

Eine weitere Frage, die Fredi verabscheute. Bei ihm gab es nämlich praktisch nie etwas Neues – na und? Ständige Veränderungen waren etwas für Teenies, für unfertige Menschen. Fredi fand, dass man sich als erwachsener Mann nicht immer wieder neu erfinden musste, ja eigentlich war doch gerade der ständige Drang nach Neuem ein Eingeständnis, bisher etwas falsch gemacht zu haben, ein Zeichen von Unglücklichsein – aber das sah die stets nach Veränderung lechzende Allgemeinheit natürlich anders. Zu der gehörte offenbar auch Big Bad Boy, der mit seinen blöden Fragen fahrlässig seinen letzten Kredit bei Fredi verspielte. Die Nächte, die sie sich gemeinsam um die Ohren geschlagen hatten, erschienen Fredi jetzt wie ein unerklärliches Missverständnis, ein dunkles Kapitel, das es endlich zu schliessen galt.

«Auf dem Sozialamt haben sie eine neue Sekretärin», antwortete Fredi.

«Geil!», stiess Big Bad Boy aus. «Und sonst?»

Fredi trank den Krug mit einer beeindruckenden Zielstrebigkeit aus, unterdrückte ein Aufstossen und fragte: «Bezahlst du noch ein Bier?»

Das tat er zu Fredis Überraschung tatsächlich, wenn auch keinen Masskrug mehr.

Nun berichtete halt Big Bad Boy von seinen Neuigkeiten, für die sich Fredi keinen Deut interessierte. Ohne Unterbruch redete er nun, woran Fredi mit seiner mangelnden Gesprächsbereitschaft nicht ganz unschuldig war. Unter anderem erfuhr er, dass sich Big Bad Boy kürzlich wieder einmal auf der bürgerlichen Schiene versucht hatte, nämlich als Aushilfe in einer Autogarage. Zum ersten Mal, seit Fredi an diesem Tag das Tunnel betreten hatte, fand er etwas lustig. Big Bad Boy am Arbeiten. Was für ein ulkiges Bild.

Fredi musterte ihn und konnte sich beim besten Willen nicht vorstellen, wie sich Big Bad Boy konzentriert einer Sache widmete: Während er mit grossen Augen weitererzählte, schlug sein linker Fuss einen atemberaubenden Takt auf den Boden, sein spindeldürrer Oberkörper wippte dazu ständig nach vorne und wieder zurück, und selbst beim Anheben der Tasse offenbarte er seine Ungeschicktheit. Wenn Fredi im Geiste ein Kiffer war, dann war Big Bad Boy im Geiste ein Junkie. Doch Fredi wusste, dass Big Bad Boy die Finger von harten Stoffen liess, für so was fehlte ihm der Mut. Obwohl er seine Mitmenschen ständig vom Gegenteil zu überzeugen versuchte, war Big Bad Boy völlig harmlos. Immer auf der Überholspur kam er doch keinen Meter weiter. Das galt auch, wenn er redete.

«Was willst du eigentlich, Mann?», unterbrach Fredi ihn nach einer Weile, und Big Bad Boy hatte Mühe, den Redefluss so abrupt zu stoppen. «Was willst du?», wiederholte Fredi.

«Ich möchte mich bei dir entschuldigen», sagte er verlegen.

«Du bescherst mir hier eine masslose Enttäuschung, nur um dich dann dafür zu entschuldigen?»

«Nein, Fredi, nicht dafür! Dafür auch, wenn du willst, aber vor allem für das Debakel vor drei Jahren. Mit etwas Abstand sehe ich ein, dass mein Plan damals nicht ganz perfekt war.»

Drei Jahre hatte er dafür gebraucht. Fredi wollte nicht von sich behaupten, in Sachen Intelligenz ein Held zu sein. Er hatte bei diesem Debakel ja auch mitgemacht. Aber drei Jahre hatten seine Studien nicht gedauert, um gewisse Fehler einzusehen.

«Ich möchte es wieder gutmachen!», sagte Big Bad Boy, und seine grossen, mit geplatzten Äderchen ornamentierten Augen leuchteten wieder.

«Mit ein paar Bieren?»

«Nein, Fredi! Was viel Grösseres!», kündigte er an, schwieg aber anschliessend.

Und wieder etwas, was Fredi hasste. Spannung erzeugen und dann nichts mehr sagen. Etwas andeuten, aber nur so schwammig, dass man selber nicht draufkommen konnte. Dann blieb einem nichts anderes übrig, als wie ein neugieriger Junge mit offenem Mund auf die Fortsetzung zu warten, oder aber die Geduld zu verlieren und auszurufen: «Entweder willst du's mir sagen oder nicht!»

«Na gut, halt dich fest!», sagte Big Bad Boy, kurz eingeschüchtert über Fredis Ausbruch, dann aber voller Überzeugung: «Wir verkaufen den HC Freiburg Gottéron!»

Fredi liess einen dreckigen Bud-Spencer-Lacher erklingen und sagte: «Dafür müsste er uns zuerst einmal gehören.»

«Du verstehst wieder mal gar nichts, Fredi», sagte Big Bad Boy mit gespielter Enttäuschung. «Wo bleibt nur dein Unternehmergeist?» Dann lächelte er schelmisch.

Das also war es.

Big Bad Boy hatte wieder ein krummes Projekt ausgetüftelt. Irgendeine Tour oder einen Deal oder ein Geschäft, das mit keinerlei Erfolgschancen ausgestattet war. Darauf hatte Fredi weiss Gott keine Lust und widmete sich stattdessen dem nächsten Bier, während Big Bad Boy bereits voller Enthusiasmus begann, seinen neuesten Geniestreich zu erläutern: «Da ich von Eishockey keinen Schimmer habe, brauche ich einen Experten auf dem Gebiet. Ich brauche einen wie dich, weil ...»

Bei aller Bescheidenheit. Suchte man einen Eishockeyexperten, dann war man bei Fredi Egger an der richtigen Adresse. Hier zumindest bewies Big Bad

Boy ein gutes Näschen. Seit dem Aufstieg vor fünfunddreissig Jahren hatte Fredi nämlich nicht mehr als ein einziges Heimspiel von Gottéron verpasst. Ein einziges. Eishockey, das war vielleicht der einzige Pfeiler in seinem Leben, die einzige Konstante, ja es bildete eigentlich das Fundament seiner Existenz. Eishockey war für Fredi wie Religion, nur glaubwürdiger und erfüllender. Und Zentrum dieser Religion war sein Herzensclub, der HC Freiburg Gottéron.

Und Big Bad Boy faselte immer noch davon, ebendiesen Club zu verkaufen.

Doch dann sagte er: «In einem Ernährungsblog habe ich eine Person kennengelernt, eine Frau …»

Was sollte das denn jetzt? Nahm er etwa doch harte Drogen? Wie ein geistig Verwirrter redete er in der einen Sekunde vom Verkauf des einheimischen Eishockeyclubs, in der anderen Sekunde von seinen amourösen Abenteuern.

«Wenn du eine Frau in einem Ernährungsblog kennengelernt hast», unterbrach Fredi ihn und sah ihm prüfend in die Augen, «dann treibst du dich also in Ernährungsblogs herum?»

«Eine Russin hab ich da kennengelernt», sagte Big Bad Boy, ohne sich von Fredis Seitenhieb verunsichern zu lassen. «Es ist einfach so, Fredi, Russinnen sind offener, ehrlicher! Da können die hier im Westen noch viel lernen.»

«Sag mal, warum trägst du eigentlich diese lächerlichen Handschuhe?»

Fredi war bestrebt, Big Bad Boy nicht zu viel Neugier entgegenzubringen. Er wollte ihm weiterhin die Botschaft vermitteln, dass er nur noch mit ihm am Tisch sass, um ein Bier zu trinken. Nicht, dass er noch ein Bier trank, um mit ihm am Tisch zu sitzen.

«Tja, Fredi. Man spielt jetzt eben in einer anderen Liga. Jetzt hör mir aber mal richtig zu! Und trink nicht so viel, das hier ist eigentlich eine ernste Sache!»

Fredi stellte das Bier, das er eben angehoben hatte, wieder auf den Tisch.

«Diese Russin also ...» Big Bad Boy suchte kurz nach dem Faden. «Mit der habe ich ein richtiges Vertrauensverhältnis aufgebaut. Ganz behutsam, über einen Monat hinweg. Nach und nach verriet sie mir, sie sei reich. Richtig reich. Vater machte Erdöl oder so was. Und plötzlich kam der Hammer. Sie fragte mich, ob ich den Eishockeyclub Gottéron kenne. Sie habe nämlich vor, da einzusteigen.»

«Du gehst auf Ernährungsblogs, um dich mit Russinnen über Erdöl und Eishockey auszutauschen?» Fredi glaubte ihm kein Wort.

«Wie ich dir doch sagte, Fredi, wir hatten keine Geheimnisse voreinander ... Aber das ist doch jetzt egal!» Er kratzte sich gereizt am Arm.

Fredi genoss es, Big Bad Boy immer nervöser werden zu sehen. Er durfte ruhig auch ein bisschen leiden.

«Mal angenommen, dieser Unsinn, den du da erzählst, ist wahr. Denkst du, ich würde es zulassen, dass man meinen Club einer russischen Spekulantin übergeben würde?» Allein die Idee machte Fredi wütend. Er dachte an den Tschetschenen Tschagajew, der vor ein paar Jahren an die Spitze des nahen Fussballtraditionsclubs Neuenburg Xamax kam, um diesen zielstrebig in den Ruin zu treiben.

Big Bad Boy raufte sich die Haare, die inzwischen nicht mehr blond, sondern in einem scheusslichen Zitronengelbton gefärbt waren. Die Frisur aber, die viel eher einer Überarbeitung bedurft hätte, war immer noch gleich: Sein Haar war mit Gel praktisch mumifiziert worden und bewegte sich auch bei ruckartigen Kopfbewegungen keinen Millimeter.

«Du wirst ja immer träger, Fredi!», rief er entgeistert, und mit geschlossenen Zähnen fügte er leise hinzu: «Was ist mit deinem kriminellen Ehrgeiz?»

Er sah sich kurz im Raum nach möglichen Mithörern um – sie waren immer noch allein, nicht einmal die Bedienung liess sich noch blicken. Kaum etwas erinnerte hier noch an die wilden Zeiten von früher. Der Fussboden war sauber, die Tische auch, es hingen Bilder an den Wänden, und die Luft eignete sich gut zum Atmen.

«Wir verkaufen den Club natürlich nur so, wie du gerade mit deiner Traumfrau im Tunnel sitzt! Verstehst du?»

Fredi sah den Typen an, der ihm gegenüber fast platzte vor Begeisterung, und überlegte. Allmählich begann er ihn ein bisschen zu verstehen. Ein bisschen.

«Ich erzählte der Russin, dass ich in Freiburg gute Beziehungen habe. Dass ich gewiss etwas für sie arrangieren könne. Zwei Tage später schrieb ihr der Präsident des HC Freiburg Gottéron eine Nachricht und schlug ein baldiges Treffen vor.»

Fredi stockte der Atem.

«Die millionenschwere Frau Swetlana Zenowa steigt also übermorgen in Moskau in ein Flugzeug und landet dreieinhalb Stunden später in Zürich. Sie nimmt den Zug nach Freiburg und wird da von zwei netten Herren empfangen, vom Präsidenten des Clubs und einem Mitglied des Verwaltungsrats.»

Big Bad Boy redete und redete, und Fredi war so gebannt, dass er für eine Weile das Trinken vergass.

«Die beiden netten Herren stellen ihr den Club vor und zeigen ihr ein wenig die Stadt. Sie machen das so gut, dass sie begeistert ist. Die drei schliessen einen mündlichen Vertrag ab, dabei reicht sie den Herren ein grosszügiges Handgeld, sagen wir mal: Hunderttausend Franken. Das ist so üblich, hab ich in einem Managementkurs gelernt. Glaub mir, Fredi, ich bin nicht mehr der Anfänger, der ich noch vor drei Jahren war.»

Das war zu hoffen. Wenn nur die Hälfte von dem stimmte, was Big Bad Boy hier von sich gab, musste man sich ernsthafte Sorgen machen. Schon der kleinste Kontakt zwischen einer Investorin aus dem Osten und den Verantwortlichen von Gottéron konnte der verheerende Funke sein, der ein Unglück entzündete, und wenn dabei auch noch Typen wie Big Bad Boy die Finger im Spiel hatten, stand sowieso alles unter einem schlechten Stern.

«Und nachdem diese beiden netten Herren das Handgeld eingestrichen haben, werden sie sich bei der Russin nie wieder blicken lassen ...»

Fredi nickte gedankenversunken und leerte sein Bier.

«Darauf trinken wir noch eins, nicht wahr, Fredi?»

Fredi war einverstanden. Er dachte eine Weile über den kleinen Vortrag nach und war froh, dass ihm Big Bad Boy die dafür nötige Ruhe gewährte. Die auch für seine Verhältnisse eilends zu sich genommenen Biere gingen nicht ganz spurlos an ihm vorbei.

Wenig später standen zwei frischgezapfte Getränke zwischen den beiden, ein alkoholfreies Panaché für Big Bad Boy und ein Canette für Fredi. Big Bad Boy schnappte sich sein Glas, hielt es in die Luft und sprach, wobei es ihm sichtlich Mühe bereitete, seine Aufregung zu beherrschen: «Auf die beiden netten Herren. Präsident Volet mein Name.»

Darauf ergriff auch Fredi mit aufreizender Langsamkeit seinen Halbliterkrug, stemmte ihn Big Bad Boy entgegen und sagte: «Verwaltungsrat Bykow.»

«Fredi … Nimm einen anderen.»

«Was?»

«Du kannst dich bei einer Russin doch nicht als Russe vorstellen!»

«Ich kenne keinen anderen.»

«Ich dachte, du bist ein Experte!»

«Ja, schon … Aber vom Spiel. Nicht von der Bürokratie.»

«Gut. Kein Problem, Fredi. Überlass das mir.»

Sie nahmen einen Schluck, und plötzlich fühlte sich Fredi Egger gar nicht mehr so schlecht. Der Tag hatte traumhaft begonnen, war miserabel weitergegangen, und jetzt pendelte er sich irgendwo in der Mitte ein. Die Welt war wieder einigermassen so, wie Fredi sie sich gewohnt war, und vielleicht hatte er Big Bad Boy mit all seinen Verwünschungen doch ein bisschen

Unrecht getan. Welcher Mensch auf der Welt bezahlte schon drei Biere in Serie? Und welcher Mensch betrieb einen so grossen Aufwand, um etwas mit ihm zu unternehmen? Doch, dachte Fredi, unter dem Strich war Big Bad Boy schon in Ordnung.

«Eins aber sag mir noch», sagte Fredi mit einem Schaumstreifen auf der Oberlippe. «Wie hast du den Präsidenten von Gottéron dazu gebracht, sich bei dieser Russin zu melden?»

Big Bad Boy warf den Kopf konsterniert in die Innenhand und schüttelte ihn.

Gut, dachte Fredi nach einer Bedenkzeit, in der ihm endgültig alles klar wurde, die Dummheit war halt nicht allein Big Bad Boy vorbehalten. Es schien so, dass sich Big Bad Boy ganz auf das Versenden von Nachrichten unter falschem Namen spezialisiert hatte.

Wie immer, wenn der Tag sich zu Ende neigte, versuchte man die untertauchende Sonne mit Glühbirnen zu ersetzen. Besonders hartnäckig gegen die Nacht sträubte man sich auf dem mit vielen reizlosen Wohnblöcken zubetonierten Schönberg, wo sich auch Fredi Egger im dumpfen Licht einer Plastikdeckenlampe erschöpft auf sein Sofa fallen liess.

Ein Fernseher, zwei Cervelats, sechs Dosen Kaiser-Bier – was sollte man an einem gewöhnlichen Wochentag auch anderes tun? Vor allem, wenn man kein flüssiges Geld besass, mit dem man etwas Ungewöhnliches hätte anzetteln können?

Doch als das Spiel endlich begann und Fredi mit seinem dicken Daumen ein weiteres Bier zischen liess, fühlte er eine unvergleichliche Wärme in sich aufsteigen. Unverzüglich entflammte jene Leidenschaft, die ihm seit vielen Jahren das pralle Leben bot, ihm Gefühle bescherte, die man sonst wohl nur in der Liebe oder im Krieg erlebte.

Freiburg gegen Bern. Das Duell der Nachbarstädte. Das Zähringer-Derby. Die Guten gegen die Bösen. Die Helden aus der Provinz gegen die Schurken aus der Hauptstadt. Die Meisterlosen gegen den zwölfmaligen Titelgewinner. Der Kleine gegen den Grossen. Ewiger Erzrivale Bern.

Als die vierte Minute anbrach, beschleunigte sich Fredis Puls, kurz darauf erwischte Altmeister Sandy Jeannin den Berner Schlussmann mit einem präzisen Schuss aus spitzem Winkel – die frühe Führung in der Höhle des Bären! Fredi ballte die Faust und feierte das Tor mit einem stürmischen Schluck.

Nur Sekunden später, das Spiel war gerade erst wieder aufgenommen worden, lancierte Romain Loeffel aus der eigenen Hälfte Benjamin Plüss, der zog los, ein kurzer Antritt, ein trockener Schuss zwischen Bührers Schonern hindurch, und schon lag man 2:0 vorne. Fredi sprang hoch, seine ganze Anspannung entlud sich für einen Moment, dann setzte er sich mit kämpferischem Blick zurück auf das Sofa.

Beim nächsten Spielunterbruch dachte er über Big Bad Boys Plan nach. Gewiss war es wieder ein tollkühnes, ja aberwitziges Vorhaben – ein Plan von Big Bad Boy eben. Aber das Interesse einer russischen Oligarchin war offenbar echt, das konnte Big Bad Boy nicht einfach so erfunden haben, und das bereitete Fredi Kummer.

Denn mit der Übernahme von habsüchtigen Investoren würde man sich endgültig vom einstigen Quartierclub in Richtung Grossunternehmen verabschieden. Und allmählich so werden wie der SC Bern. Das galt es natürlich zu verhindern, und eigentlich war er ganz froh, dass er an vorderster Front mitwirken sollte. Der Chefetage des HC Freiburg Gottéron traute Fredi nämlich nicht besonders. Zu viele Egoisten. Zu viele Welsche. Zu viel Macht für die Kantonalbank.

Vielleicht steckte sogar Wladimir Putin dahinter. Bei dem konnte man nie wissen, der wollte doch am liebsten ganz Europa unterjochen. Und da er sich ja nicht gleich alle Länder unter den Nagel reissen konnte, eignete er sich mithilfe von untergebenen Oligarchen halt Sportclubs an, und bemächtigte sich so nach und nach der Seele eines Landes. Denn der Lieblingsclub lag den Leuten in der Regel mehr am Herzen als ihre Regierung. Cleverer Bursche, dieser Putin, dachte Fredi. Und wenn dies alles gar nicht stimmt, dann war zumindest derjenige clever, der sich das gerade zusammenfantasierte.

Zur Mitte des ersten Drittels erzielten die Berner den Anschlusstreffer. Ryan Gardner hatte im Powerplay getroffen, und wie es sich eben gehörte, verfluchte Fredi den Torschützen des Gegners.

Doch ebenjener Ryan Gardner trug neuerdings die Farben Gottérons. Nach einem Spielertausch im Sommer war er von einem Berner Schurken unversehens zu einem Freiburger Helden geworden.

Fredis Euphorie, in die er sich hineinzusteigern bemüht hatte, schwand dahin. Irgendwie funktionierte das nicht mehr, auch nicht mit der grosszügigen Unterstützung des Kaisers.

Was sich Fredi gerade ansah, war die Aufzeichnung eines Spiels, das mehr als zwei Jahre zurücklag. Damals, als sich Gottéron auf der Höhe seines Schaffens befand, als man souverän die Qualifikation gewann und nach Siegen gegen Biel und Zürich gegen Bern um den Titel spielte. Als man eine Meistermannschaft beisammen hatte und man endlich, im fünfundsiebzigsten Jubiläumsjahr, zum ersten Mal nach dem Titel griff.

Der am Ende aber doch, zum dreizehnten Mal schon, an die ungeliebten Berner ging.

Fredi soff sich nun den Frust vom Leib, auch zweieinhalb Jahre und zig Liter später brodelte es noch in seiner Brust. Es war wie immer eine Gratwanderung, sich den grandiosen Sieg eines Spiels anzusehen, das Teil einer Serie war, die man am Ende verloren hatte, und dieses Mal scheiterte Fredi daran, sich in jene Ekstase zurückzuversetzen, als noch alles möglich gewesen war, ja als man nach zwei aufeinanderfolgenden Siegen fest daran geglaubt hatte, die Berner und den Titel im Sack zu haben.

2

Etliche Stunden später wurde Fredi von seiner eigenen Türglocke geweckt. Die Helligkeit, in der er langsam zu sich kam, verriet den Tag. Die umgekippte Dose neben dem Sofa liess auf einen überraschenden Eintritt des Schlafes schliessen, ebenso der Fernseher, der noch lief. Eine Wahrsagerin erläuterte darin den Wetterumschwung der nächsten Woche. Erstaunlich, wofür sich die Leute alles interessierten.

Fredi erhob sich mit knackenden Kniegelenken von seinem Sofa und schon klingelte es zum zweiten Mal an der Tür. Ein ungeduldiger Mensch musste im Treppenhaus stehen – Fredi beschlich eine böse Vorahnung.

Er spähte durch den Türspion und erblickte einen Idioten mit lächerlicher Gelfrisur, der nervös von einem Bein auf das andere trat.

Wenn Typen wie Big Bad Boy vor der Tür standen, hatte man zwei Möglichkeiten: Entweder gab man zu, dass man zu Hause war und liess ihn widerwillig reinkommen, oder man tat so, als wäre man nicht da und kehrte erleichtert ins Wohnzimmer zurück. Fredi hatte sich in jüngster Vergangenheit vorwiegend Variante zwei bedient.

Er ging zunächst ins Bad, um die Blase zu entleeren, unterdessen klingelte es zum dritten und zum vierten Mal. Heute war er hartnäckig, heute nahm er ihm die

Abwesenheitslüge offenbar nicht ab. Fredi warf sich eine Handvoll Wasser ins Gesicht, manchmal konnte er auch streng mit sich sein, dann schritt er zurück an die Tür, drehte den Schlüssel und machte auf.

«Wusst ich's doch!», rief Big Bad Boy mit einem rechthaberischen Gesicht und huschte ohne Aufforderung an Fredi vorbei in die Wohnung.

«Hey, was soll das?», protestierte Fredi. Geweckt werden durch einen Besuch von Big Bad Boy: Das war vielleicht der schlechteste aller möglichen Tagesbeginne.

«Ich habe dir doch gestern gesagt, ich komme morgen vorbei!»

Fredi versuchte sich daran zu erinnern. Es gelang ihm nur ansatzweise. «Aber doch nicht so früh!», wich er aus.

Big Bad Boy blickte auf seine silbern glänzende Uhr und lachte verächtlich.

Fredi sah aus dem Fenster, aus dem man zu der Jahreszeit bis elf Uhr die Sonne aufsteigen sehen konnte. Sie war nirgends mehr.

«Meine Güte, Fredi», sagte Big Bad Boy nach einigen ziellosen Schritten durch die Wohnung. «Hier drin ist schon seit Jahren keine Frau mehr gewesen, stimmts?»

Fredi liess seinen Blick durch das Wohnzimmer und die angrenzende Küche schweifen und dachte nach. Dass er schon lange keinen Frauenbesuch mehr gehabt hatte, stimmte. Und dass er sein Leben so führte, als ob er keinen Frauenbesuch erwartete, stimmte wohl auch. So gesehen war Big Bad Boys Bemerkung eine messerscharfe Analyse seines aktuellen Daseins.

«Wo wohnst *du* eigentlich?», wechselte Fredi das Thema, damit sich die recht ernüchternde Lebensbilanz nicht in seinem Gemüt festsetzen konnte.

Big Bad Boys Gesicht verfinsterte sich. Verlegen setzte er sich auf das Sofa, auf dem Fredi bis vor fünf Minuten noch geschlafen hatte. «Na ja ... Es ist nicht einfach heute, bei diesen Mieten.»

Weshalb Fredi eben auch in einer der traurigsten Wohnungen des ganzen Schönbergs wohnte. Klein wie eine Zelle, eine Dusche ohne Duschvorhang, für die Toilettenspülung griff man in den Spülkasten hinein und zog dort an einer Kette, überall war etwas rostig oder kalkig oder vergilbt, und die Nachbarschaft bestand vorwiegend aus quirligen Albanern mit schlaflosen Kindern und lauten Fernsehern.

«Also, wo wohnst du?», hakte Fredi nach.

«Die Franziskaner geben mir im Moment ein Zimmer.»

«Im Kloster?» Fredi war begeistert. Big Bad Boy inmitten von Mönchen, das war schon eine groteske Vorstellung.

«Du musst mich dort rausholen, Fredi!» Big Bad Boy sprang vom Sofa auf und begann umherzuzappeln. «Es ist die Hölle. Ich muss jeden Morgen das Frühstück bereitmachen, manchmal zwingen mich die Typen sogar zum Gebet! Aber das Schlimmste ist die Stille. Tag und Nacht, immer diese verdammte Stille! Du brauchst gar nicht so zu lachen.»

Fredi konnte sich von dieser Neuigkeit kaum erholen. «Ist ja gut, setz dich wieder hin!» Dann lachte er weiter. Wer im Kloster wohnte, war wirklich am absoluten Tiefpunkt angekommen. Big Bad Boy wurde ihm gleich wieder ein bisschen sympathischer. «Dann hast du also schon gefrühstückt?»

«Ja. Aber das ist schon ewig her.»

«Willst du noch etwas?»

«Hast du ein Joghurt?»

Fredi antwortete mit einem Blick, der weder Ja noch Nein bedeutete und ging zum Kühlschrank. Er hatte schon wieder Lust auf ein Bier. Ein Bier bedeutete für Fredi eben nicht das, was es für den Durchschnittsbürger tat. Die meisten Leute verbanden Bier ja gleich mit Alkohol, der immer noch nicht den besten Ruf genoss, aber für Fredi war Bier einfach ein Getränk, nach dessen Einnahme er sich besser fühlte. Nichts unterschied ihn also von einem Kaffeetrinker. Dennoch verzichtete er vorerst auf das Bier, denn Klosterbruder Big Bad Boy gehörte bestimmt auch zu jenen Spiessern, die einen Menschen, der sich nach dem Aufstehen mit einem Bier stärkte, eben nicht als solchen betrachteten, sondern unkritisch als Säufer abstempelten.

Kurz darauf sassen sie nebeneinander auf dem Sofa und nahmen gemeinsam das Morgenessen zu sich, Big Bad Boy ein Aprikosenjoghurt, Fredi ein hartgekochtes Ei und eine Cola.

Draussen war ein typischer Endsommertag aufgezogen. Die Sonne schien, teilweise von Wolken verdeckt, auf die Stadt und niemand konnte wissen, ob es später noch regnen würde oder nicht. In anderthalb Monaten fanden in der Schweiz Parlamentswahlen statt, denen man wie immer wegweisenden Charakter für die gesamte Zukunft des Landes zuschrieb. Der Grexit, wie man das mögliche Ausscheiden Griechenlands aus der EU lyrisch bezeichnete, war vorerst abgewendet worden ... All dies kümmerte Fredi nicht. Es waren Dinge, die keinen Einfluss auf ihn nahmen, Dinge, die seine Stimmung weder verbesserten noch verschlechterten. Umgekehrt nahm er auch keinen Einfluss auf sie. Man gab einander also nichts, das Wetter, das Treiben im Bundeshaus oder die Europapolitik spielten sich in anderen, Fredi fernen Sphären ab. Wie inniger war dagegen seine Beziehung zum HC Freiburg Gottéron! Da herrschte auch ein gerechtes Geben und Nehmen, man besuchte die Spiele, unterstützte die Mannschaft, dafür beschenkte sie einen mit grossen Siegen, manchmal. Das nächste wirklich bedeutende Ereignis auf dem Planeten war für Fredi also der baldige Beginn der nationalen Eishockeymeisterschaft.

«Mann, Fredi!», platzte es auf einmal heftig aus Big Bad Boy heraus. «Sitzt hier gemütlich, isst und trinkst und interessierst dich kein bisschen für die Details unseres Plans!»

«Unseres Plans?»

«Die Russin!» Big Bad Boy stellte seinen leeren Joghurtbecher auf den Boden und stand entgeistert auf.

Genau, Big Bad Boy wollte ja den HC Freiburg Gottéron verkaufen.

«Was du gestern erzählt hast», sagte Fredi, während er kurz für sich das gestrige Gespräch im Tunnel rekapitulierte, «das ging doch eher in Richtung Witz, oder?»

«Ich mache keine Witze, Fredi!»

Da hatte er recht. Big Bad Boy gehörte zu den humorlosen Personen, die Fredi in seinem Leben kennengelernt hatte. Er war, so viel Fredi wusste, in einem ziemlich konservativen Haus aufgewachsen, in dem es nicht viel zu lachen gab. Und wenn man ihn jetzt, als erwachsenen Mann, so erlebte, dann hatte man das Gefühl, dass er sich vor allem eines wünschte: Respekt. Er wollte anerkannt werden, ernst genommen werden, und das konnte er offenbar nicht mit einer gewissen Lockerheit vereinbaren. Ein herzhaftes Gelächter, so schien er zu befürchten, hätte jahrelanges Streben nach Respekt zunichte gemacht.

«Es ist doch ein Unterschied», verteidigte sich Fredi, «ob man etwas bei einem Bier im Wirtshaus bespricht oder bei Joghurt und Ei zu Hause.»

«Ich sehe da keinen Unterschied», sagte Big Bad Boy ernst. «Das Wirtshaus oder das Joghurt ändert doch nichts an dem, was ich sage.»

«Also», sagte Fredi und spülte sich den letzten Bissen Ei mit einem Schluck Cola runter, «dann erzähl mir doch endlich einmal die Details unseres Plans», wobei er es nicht lassen konnte, bei den letzten Worten Big Bad Boys Stimme nachzuahmen. Doch der bemerkte nichts davon.

Und dann schilderte Big Bad Boy Fredi seinen ganzen teuflischen Masterplan.

Er hatte der Oligarchin für drei Nächte eine Suite im NH Hotel gebucht, dazu einen Konferenzraum für die Verhandlungen. Er hatte sich in kurzer Zeit verblüffend viel Wissen über Eishockey, den HC Freiburg Gottéron und dessen Umfeld angeeignet. Er hatte mit den Inhalten der Vereinswebsite ein professionelles Dossier gestaltet, Visitenkarten gedruckt, Briefpapier gefälscht – kurz und gut, er hatte den Ablauf der folgenden vier Tage so minutiös geplant, dass er in allen Einzelheiten wusste, wer wann was sagte, wer worauf wie reagierte, und warum was wie oft wichtig war, um am Ende hunderttausend Franken reicher zu sein.

Fredi war beeindruckt. Er liess sich die Präsentation des Konzepts eine Weile durch den Kopf gehen, wobei er bemerkte, dass Big Bad Boy die immer länger werdende Zeit, in der eine Reaktion ausblieb, kaum aushielt.

«Das ist doch scheisse», sagte Fredi schliesslich. «Da geht es doch wieder einmal nur ums Geld.»

Big Bad Boy sah Fredi feindselig an und rang nach Worten.

«Weisst du», erklärte Fredi ruhig, «das ist nicht unbedingt das, was ich suche. Eigentlich wollte ich in nächster Zeit …» Ja was denn?, fragte sich Fredi. Was wollte er in nächster Zeit, wozu er selber die Macht hatte? So genau wusste er es nicht, aber genau so gefiel es ihm eigentlich, er wollte gar nicht so ganz genau wissen, was er wollte, wäre ja langweilig, dachte er, und dann sagte er: «Eigentlich wollte ich in nächster Zeit vor allem auf privater Basis weiterkommen. Nicht auf finanzieller.»

«Fredi!» Big Bad Boy hob den Joghurtbecher wieder auf und zerknüllte ihn. «Hast du es denn noch nicht bemerkt? Kapierst du immer noch nicht, wie die Welt tickt? Wir haben beide keine Frau, woran liegt das? Doch nicht, weil wir Arschlöcher sind oder blöd aussehen oder stinken! Nein, Fredi! Das ist so, weil wir kein Geld haben! So läuft das heute, Fredi, das ist die bittere

Wahrheit. Wenn wir Kohle hätten, könnten wir auch Arschlöcher sein und blöd aussehen, und trotzdem würden uns die Weiber hinterherrennen ...»

Big Bad Boy war nach kurzer Sprachlosigkeit wieder mal nicht zu bremsen. Immerhin hatte er, nachdem er zunächst ein ziemlich düsteres Sittenbild entworfen hatte, in die Möglichkeitsform gewechselt. Sie beide waren also in Wahrheit weder Arschlöcher, noch sahen sie blöd aus, das war rein hypothetisch gemeint. Nur das mit dem Stinken hatte Big Bad Boy vergessen zu revidieren.

Fredi hatte keine Lust, auf das Plädoyer einzugehen. Von Big Bad Boy musste man sich wirklich nicht erklären lassen, warum es mit den Frauen nicht klappte. Stattdessen sagte er: «Hast du denn gar keine Moral? Hast du keine Probleme, eine arme Frau so übers Ohr zu hauen?»

Zu Fredis Verwunderung brach Big Bad Boy daraufhin in ein Gelächter aus. Aber es war kein echtes Gelächter, es war reine Rhetorik.

«Hast du in den letzten Jahren eigentlich etwas mitbekommen von der Weltgeschichte? Hast du dir nur einmal die Tagesschau angesehen?» Big Bad Boy machte das zerknirschte Gesicht des gescheiterten Weltretters. «Die Weltgeschichte der letzten Jahre lässt sich ungefähr so zusammenfassen: Der Russe ist skrupellos.»

«Aber doch nicht jeder», entgegnete Fredi. Es schmerzte ihn, jemanden über die Landsleute von Slawa Bykow, den Edelsten aller Menschen, so reden zu hören.

«Der Russe ist skrupellos», wiederholte Big Bad Boy unbeirrt. «So war es auf der Krim, und genau so geht es weiter mit deinem Hockeyclub. Der Russe interessiert sich nicht für den Menschen, Fredi, er sieht nur Macht, überall Macht.»

«Hast du nun auch noch Soziologie studiert, oder was?»

«Nein, aber alle James-Bond-Filme gesehen. Klar, das ist zum Teil auch Fiktion. Aber da lernt man schon viel über die russische Kultur.»

«Ja, vor allem über die Frauenkultur.»

«Lach nur, Fredi, nimm mich nur nicht ernst. Aber glaub mir, diese Swetlana Zenowa ist eine echte Gefahr für deinen Club. Verstehst du das nicht? Wenn nicht wir mit ihr verhandeln, wird es bald der echte Volet tun, der echte Präsident. Willst du das? Hast du so viel Vertrauen in diesen Bürolisten?»

Fredi schwieg.

Big Bad Boy, der die Welt verstand und eine dunkle Zukunft prophezeite, das war doch absurd. Aber die Zukunft näherte sich, so oder so, und dunkel konnte sie ganz unabhängig von Big Bad Boys Prophezeiungen sein, jedenfalls konnte sie Überraschungen hervorbringen, und vielleicht war Fredis kleine Welt, die sich um einen Eishockeyclub drehte, ja doch irgendwie mit der internationalen Politik verflochten? Er sehnte sich jetzt endgültig nach einem Bier, einem Bier, das ihn bei der Hand nahm und ihm den Weg zeigte. Die warnende Stimme, die sich schon gestern nach einigen Bieren bei ihm gemeldet hatte, kehrte zurück. Finstermänner erschienen in seinem Kopf, Putin, Tschagajew, General

Ourumow, und schliesslich eine junge verführerische Frau, die ihre langen Finger nach der Gottéron-Krone streckt ...

«Na dann, Fredi. Ich habe keine Zeit mehr, mit dir die Zeit zu verschwenden», sagte Big Bad Boy und stoppte Fredis von Urängsten hervorgerufenen Wahnbilder. Nach kurzer Konsternation richtete er seinen Blick schon wieder unerschütterlich nach vorne. «Ich gehe jetzt und mache mich an die Vorbereitungen.»

«Lass dich von mir nicht aufhalten», sagte Fredi und warf sich in die Rückenlehne des Sofas.

«Schönen Tag noch, Fredi», sagte Big Bad Boy, schritt stelzenden Schrittes zur Wohnungstür und ging.

«Machs gut!», rief ihm Fredi hinterher, aber er wusste: Zu viel stand auf dem Spiel, um einen wie Big Bad Boy allein handeln zu lassen. Er wusste auch, dass Big Bad Boy bereits wusste, dass er dabei war. Zumindest in der Überredungskunst war Big Bad Boy eben schon eine Kapazität.

Big Bad Boy reagierte auf Fredis Teilnahme an seinem Projekt mit sichtlicher Genugtuung. Allein die Gewissheit, dass jemand einer seiner Ideen zustimmte, schien ihn tief im Herzen zu berühren. Als eine Art Ritual, um die gemeinsame Arbeit einzuläuten, versuchte er, Fredi kurz zu umarmen, was dieser aber entschieden ablehnte. Eine Umarmung als Startschuss für ein Verbrechen konnte kein gutes Omen sein.

Auf Geheiss von Big Bad Boy begaben sich die beiden zuerst in den nahen Gebrauchtwarenladen Coup de Pouce, um einige Utensilien zu erstehen, mit denen man den Konferenzraum im NH Hotel schmücken konnte. «Das Wichtigste ist, dass wir Swetlana Zenowa einen warmen Empfang bereiten», erklärte Big Bad Boy, ganz im Stile eines grossen Staatsmannes.

Für wenig Geld kauften sie sich drei Körbe voll mit Gegenständen, die das russische Herz zweifellos höher schlagen liessen: Eine russische Flagge, eine Matrjoschka-Puppe, eine Schallplatte von Tschaikowskys vierter Sinfonie, eine schöne Lederausgabe von Tolstois «Krieg und Frieden», ein grosses eingerahmtes Bild eines sibirischen Wolfes, eine kleine Lenin-Büste und ein paar Teppiche, die man an die Wand hängen konnte.

«Müssten wir den Raum eigentlich nicht gerade mit einheimischen Sachen schmücken?», fragte Fredi nach dem Einkauf.

«Das kann man so und so sehen», antwortete Big Bad Boy. «Aber so wie ich Swetlana kennengelernt habe, freut sie sich über das russische Zeug. Sie ist eine sehr stolze Frau.»

«Was weisst du eigentlich noch alles über sie?»

«34-jährig. Braunes langes Haar, schlank und so, jedenfalls hübsch. Ledig. Millionenschwer. Reist gerne. War früher eine talentierte Kunstturnerin, heute spielt sie gern Tennis. Und eben, ihre grosse Leidenschaft ist das Eishockey.»

Das klang sympathisch.

Sie setzten sich mit dem ganzen Kram auf die Plastikstühle vor der angrenzenden Kebabbude, und Fredi schien nun endgültig der Zeitpunkt für das erste Tagesbier gekommen zu sein. Er bestellte es drinnen, wunderte sich über den erfreulich tiefen Preis, der ihm aber, als er es draussen trank, auf einmal hoch vorkam. Drinnen war es noch ein preiswertes Bier in einem Restaurant gewesen, draussen war es nur noch eine teure Dose Supermarktgesöff.

«Vielleicht hast du doch recht», sagte Big Bad Boy, der sich mit einer Zigarette begnügte und nachdenklich einen tiefen Zug nahm. «Wir sollten die russischen Objekte mit ein paar einheimischen auflockern. Eine Art Nebeneinander von Russland, Freiburg, Eishockey, verstehst du?»

Fredi verstand ungefähr und erhielt anschliessend noch ein paar Anweisungen. Er sollte morgen einige Fan-Artikel in den Konferenzraum mitbringen, in Anzug und Krawatte und natürlich pünktlich erscheinen. «Ausserdem, Fredi», sagte er, «ist es wichtig, dass du noch zum Frisör gehst.»

Fredi fuhr sich mit der Hand durchs Haar. Ein bisschen fettig war es schon, aber gleich zum Frisör? «Dafür habe ich kein Geld», sagte er. Und überhaupt hatte er das ungute Gefühl, dass ein paar neue Kleider und eine neue Frisur nicht reichten, um jemanden derart zu täuschen. «Ich meine, die hat doch auch Internet! Die googelt doch vorher die Namen!»

«Ach was! Der Russe ist selbstsüchtig!» Big Bad Boy steckte sich die Zigarette in den Mund und kramte mit seinen behandschuhten Händen in beiden Hosentaschen, bis er eine zerknitterte Fünfzigernote hervorzog. «Hier», sagte er und reichte sie Fredi. «Geh damit zum Frisör!»

«Sag mal, woher hast du eigentlich das ganze Geld? Verkaufst du dich etwa einem Mönch?» Fredi lachte.

Big Bad Boy nicht. «Ich verrat dir jetzt mal eins», sagte er ernst. «Willst du die Wahrheit wissen über meine Handschuhe?»

Fredi nickte ihm ohne allzu viel Interesse zu.

«Also, pass mal auf», fuhr Big Bad Boy fort, zog sich mit der rechten Hand den linken Seidenhandschuh aus und hielt Fredi die entblössten Finger vors Gesicht.

«Boah», stiess Fredi erschrocken aus. «Das ist ja …»

Was er zu sehen bekam, war eine kleine Tragikomödie. Irgendwie lustig, aber zugleich auch traurig. Und dazu noch ein bisschen eklig. Big Bad Boys Mittelfinger war nicht mehr der längste aller Finger. Der Finger war oben abgeschnitten, nach etwa zwei Dritteln endete er plötzlich, das letzte Fingerglied war einfach nicht mehr da.

«Boah», wiederholte sich Fredi, «was hast du denn gemacht, verdammt?»

«Hab als Mechaniker gearbeitet. Schon vergessen?»

«Und man konnte dir das Stück nicht mehr drantun?»

«Hätte man vielleicht, aber das wollte ich nicht. Es liegt versteckt in einem Kühlfach.»

Fredi fand die Geschichte immer merkwürdiger.

«Das Stück war ja schon weg», begründete Big Bad Boy sein Handeln. «Der ganze Schmerz und der Schock waren schon da. Dann wollte ich dafür auch etwas haben. Und zwar mehr als wieder nur den ganzen Finger.»

Fredi konnte sich immer noch nicht richtig konzentrieren, während er Big Bad Boys gekürzten Mittelfinger musterte.

«Mann, Fredi, klingelts? Weisst du, was ich der IV dafür verlangen kann?»

Fredi sah Big Bad Boy zum ersten Mal an diesem Tag anerkennend an und nickte.

Und Big Bad Boy lächelte zum ersten Mal.

«Vergiss nicht, zum Frisör zu gehen», mahnte Big Bad Boy beim Abschied.

«Klar!», antwortete Fredi.

Aber Fredi ging nicht zum Frisör. Er sah auf die Uhr der Kebabbude, nahm den Bus ins Burgquartier und schritt geradewegs auf den Tätowiersalon zu.

Er ging auch nicht in den Tätowiersalon. Er duckte sich einige Meter davon entfernt hinter einem Pizzalieferwagen und wartete. Spähte ins Fenster des Salons. Wartete.

Bis er sie zu Gesicht bekam.

Eine junge Frau mit schwarzen langen Haaren, tätowierten Armen, enganliegenden zerrissenen Jeans. Sie war gerade damit beschäftigt, einem jungen Mann etwas auf den Unterarm zu malen, das er nie wieder loswerden würde.

Inga.

Fredi wurde neidisch auf den Typen. Nicht wegen der Tätowierung, es war bestimmt irgendein einfallsloses Motiv, das er sich bei einem berühmten Fussballer abgeschaut hatte, sondern weil der Typ bis in alle Ewigkeit Ingas zarten Handstrich mit sich herumtragen würde.

Es erwies sich als nicht besonders gemütlich, mit krummem Rücken hinter einem Pizzalieferwagen herumzulungern, also erhob sich Fredi bald aus seinem

Versteck. Man konnte es riskieren, denn Inga war so in ihre Arbeit vertieft, dass sie keine Zeit für einen Blick auf den Gehsteig der Reichengasse hatte.

Dort stand Fredi nun praktisch aufrecht, vergass Raum und Zeit und genoss den Anblick von Inga. Das wärs gewesen, dachte er voller Wehmut, wenn sie und nicht Big Bad Boy ihn gestern ins Tunnel eingeladen hätte. Daraufhin ärgerte er sich, dass er, nun endlich in Ingas Nähe, schon wieder an Big Bad Boy dachte, denn Big Bad Boy war ein Idiot und Inga eine Göttin – vielleicht würde er sie ja bald zufälligerweise im Stadion treffen, mit ihr ganz ungezwungen ins Gespräch kommen und ihr das Bier bezahlen, das er ihr seit drei Jahren schuldete, und ihr dann zumindest wieder einmal tief in ihre glasklar-hellblauen Augen sehen können …

Fredi entfernte sich vom Salon, ging die Reichengasse entlang auf die Zähringerbrücke zu und kam zum Schluss, dass er sich Inga aus dem Kopf schlagen musste. Sie war viel jünger als er, sie war schön und hatte einen Job. Man musste realistisch sein. Aber es war ihm wieder einmal in aller Deutlichkeit vor Augen geführt worden, was für ein aufregendes Geschlecht das weibliche doch war.

Zu Hause entschied er sich dafür, den Wünschen Big Bad Boys zu entsprechen, insbesondere, um ihm nicht fünfzig Franken zu schulden. Zwei, drei Kaiser verliehen ihm eine ruhige Hand, dann begab er sich mit entblösstem Oberkörper ins Badezimmer und suchte die nötigen Utensilien zusammen. Schere, Nassrasierer, Rasierschaum.

Ein Stück weit hatte Big Bad Boy wohl schon recht. Auf Fredis breitem Haupt wuchsen nicht mehr überall Haare, doch wo sie noch wuchsen, waren sie zum Teil etwas lang geworden. Das sorgte schon für ein gewisses Spannungsverhältnis auf dem Kopf. Und auch der Bart, wenn man sich einmal vom täglichen Anblick zu lösen versuchte, mochte ein wenig flegelhaft wirken.

Aber ein Bart war nun mal haargewordene Männlichkeit. Ein Bart war der unangefochtene König unter den männlichen Trademarks, gefolgt vielleicht vom Sixpack, von Abenteuerlust und Entschlossenheit und den Fähigkeiten als Liebhaber. Wenn man einen Bart hatte, dann musste man gar keine weiteren männlichen Attribute besitzen. Mit einem Bart besass man sie alle.

Und nun sollte er seinen Bart entfernen. Er überlegte sich, womit er diesen Verlust einigermassen wettmachen konnte. Ein Sixpack hatte er nur im Kühlschrank, seine Abenteuer ereigneten sich vorwiegend im Delta Schönberg – Pérolles – St. Leonhard, und als Liebhaber war er ein wenig aus der Übung.

Er konnte allerdings manchmal ziemlich entschlossen sein.

Obwohl er nicht viel Routine in der Körperpflege besass, glitt er mit dem Rasierer geschmeidig über die Wangen, verwandelte sein Gewächs in eine Frisur und schuf einen neuen Menschen. Nur die Brusthaare blieben, wo sie waren. Die waren Fredi heilig, und die würde Swetlana Zenowa ja auch nicht zu Gesicht bekommen.

Was sich danach im Waschbecken befand, hätten Hinzugelaufene auch für ein neugeborenes Schaf halten können. Mühselige Aufräumarbeiten erwarteten ihn also, aber zuerst gönnte er sich im Wohnzimmer ein drittes oder viertes Kaiser, wobei er sich gelegentlich im ausgeschalteten Fernseher betrachtete. Er musste sich noch an den Anblick gewöhnen, aber irgendwie spürte er: In seinem Leben ging etwas.

3

«Prima siehst du aus, Fredi!», schwärmte Big Bad Boy am nächsten Morgen. «Bist ja über Nacht ein richtiger Klassetyp geworden.»

Fredi seinerseits fühlte sich nach seinem blitzartigen Aufstieg ins Establishment nicht besonders wohl. Outfit und Selbstwahrnehmung standen in einem seltsamen Missverhältnis zueinander: In Wahrheit frisch frisiert und mit Anzug und Krawatte bekleidet, fühlte er sich im Herzen immer noch als Mann mit Bart und Trainerhose.

Er blickte auf die reflektierende Seitenscheibe eines parkierten Autos. Jetzt, da er nicht mehr in seiner dunklen Wohnung, sondern direkt unter der Sonne stand, liess sich auch gut feststellen, dass ein Frisör ohne Lizenz am Werk gewesen war. Doch es lag nicht nur an den veränderten Lichtverhältnissen. Ganz allgemein herrschte in einer Zweizimmerwohnung im Schönberg eine viel gelassenere Stimmung gegenüber Schwächen, eine Atmosphäre der Toleranz, die im Stadtzentrum unversehens verschwand.

Laut Big Bad Boy aber reichte sein neuer Look locker aus, um ab sofort in einer anderen Liga mitzuspielen. «Hast du die Sachen?», fragte er.

Fredi zeigte auf seinen Rucksack.

Big Bad Boy nickte zufrieden, was wiederum Fredi

zufrieden machte. Selten genug brachte ihm jemand das Gefühl entgegen, man könne sich auf ihn verlassen.

Die Komplimente, mit denen ihn Big Bad Boy für sein Auftreten überhäuft hatte, mussten indessen unerwidert bleiben. Wie um seine Geschmacklosigkeit noch gezielter herauszuarbeiten, trug er heute spitze braune Lederschuhe, eine weisse Hose und ein weisses Hemd, darüber ein rotblau-gestreiftes Gilet und als Krönung eine goldene Fliege. Die extravaganten Seidenhandschuhe waren nur noch Garnitur.

«Die Farben Russlands», erklärte Big Bad Boy stolz, als Fredi ihn kritisch begutachtete.

«Sag mal, Big Bad Boy», sagte Fredi vorsichtig, «mich weist du an, Anzug und Krawatte zu tragen, und du kommst daher wie ein Zirkusdompteur?»

«Mit Anzug und Krawatte kann man sich nicht vertun, Fredi. Bei Gilet und Fliege brauchts schon ein bisschen mehr Fingerspitzengefühl. Und ich bin schliesslich der Präsident, da dachte ich –»

«Ja, wenn du meinst», unterbrach ihn Fredi. Er mochte sich dieses Geplapper nicht anhören. Big Bad Boy hatte wieder mal gar nichts begriffen. Egal.

Sie hatten sich vor dem NH Hotel getroffen, einem maroden Betonbau, der sich weit in den Freiburger Himmel reckte und aus allen erdenklichen Winkeln der Stadt zu sehen war. Eine Art Tour Montparnasse im Westentaschenformat. Er stand am Rande der Schützenmatte, einer bei Jugendlichen, Ruhesuchenden, Hundehaltern, Arbeitslosen, Drogendealern beliebten Grünfläche – wobei sich die Gruppierungen in der Regel überschnitten. Im Sommer schaffte man hier jeweils lastwagenweise Sand heran, um Freiburg kurzerhand an die Côte d'Azur zu verlegen. Da konnte man sich dann auf einem bequemen Liegestuhl an der Sonne räkeln, an einem Sex On The Beach schlürfen und sich dazu einen Sommerhit anhören. Eines aber fehlte dann irgendwie doch: Das Meer. Nun nahte bereits der Herbst, bald würden die Bäume erröten, der Tinguely-Brunnen einfrieren und das sommerliche Strandfeeling in weite Ferne rücken.

Sie betraten das NH Hotel, Big Bad Boy führte Fredi an der Rezeption vorbei über eine Treppe ins Untergeschoss, grüsste eine entgegenkommende Angestellte mit gönnerhaftem Handgruss, als wäre er eine lebende Immobilienlegende, der unter anderem das NH Hotel gehörte.

Als sie den Konferenzraum erreichten, konnte Big Bad Boy seine kindliche Freude nicht verbergen. Seine Augen weiteten sich, sein Gesicht war voller Erwartung. Doch Fredi wusste nicht genau, was er sagen sollte.

Der Raum war riesig. Links und rechts von einem grosszügig angelegten Mittelgang reihten sich gut und gerne je hundert mit weinrotem Leder bezogene Stühle. Fredi und Big Bad Boy schritten durch den Mittelgang auf eine Bühne zu, wo man allmählich die Handschrift von Big Bad Boy erkennen konnte: Die an die Wand projizierte Begrüssung, bestehend aus dem Gottéron-Logo, der russischen Flagge und dem sympathischen Spruch «Auf ewige Freundschaft» hinterliess einen professionellen Eindruck. Flankiert wurde die Projektion von den Teppichen und der Russlandfahne, darunter waren sämtliche Elemente der Matrjoschka-Puppe liebevoll verteilt worden. Die Büste, das Buch und die Schallplatte standen allerdings auf etwas verlorenem Posten.

«Scheinst ja die ganze Nacht nicht geschlafen zu haben», sagte Fredi. Ein bisschen Anerkennung für seine Mühen hatte der Kerl alleweil verdient.

«Nicht viel», sagte Big Bad Boy angespannt.

Fredi blieb stehen und sah sich noch einmal um, als wäre er auf einem Berggipfel mit gigantischem Rundblick angekommen, und nun entdeckte er auch, rein zufällig, den sibirischen Wolf.

«Ziemlich gross hier», übte Fredi nun doch eine leise Kritik.

Doch Big Bad Boy lächelte. «Der Russe mags eben geräumig.»

Entzückt sah er sich anschliessend an, was Fredi alles mitgebracht hatte: Vier grosse Mannschaftsposter aus verschiedenen Jahren, einen Schal, mit Autogrammen versehene Handschuhe sowie – klar das Herzstück der kleinen Sammlung – ein Sowjetunion-Trikot des Gottéron-Rekordtorschützen Andrei Chomutow. Mit ungebrochenem Ideenreichtum integrierten sie die Objekte in die schon bestehende Russlandkulisse, bis die Visualisierung der künftigen Partnerschaft perfekt war.

Sichtlich ergriffen nahm Big Bad Boy ein paar tiefe Luftzüge und sagte leise: «Jetzt kann es los gehen.»

«Was muss ich eigentlich alles tun?», fragte Fredi, der keinen Schimmer hatte, wie die ganze Konferenz im Detail ablaufen sollte. Er hatte immer gedacht, dass dann schon noch genug Zeit bliebe, sich zu besprechen. Aber die Zeit war eben manchmal eine Wundertüte, jedenfalls hatte man jetzt plötzlich nicht mehr viel davon. Nun, dachte Fredi, Big Bad Boy würde schon wissen, was er tat. Der Optimismus wurde aber gleich wieder empfindlich verletzt, als Big Bad Boy in seinem Fasnachtskostüm an ihm vorbeieilte.

«Du musst nicht viel tun, Fredi. Es ist besser, wenn du nicht viel sprichst. Ausser bei konkreten Eishockeyfragen vielleicht. Das ist dein Metier. Ansonsten – lass mich walten!»

Swetlana Zenowa hatte einem Kurzmitteilungswechsel zufolge um 11:13 am Flughafen Zürich den Intercity genommen und würde um 12:55 in Freiburg eintreffen, wo sie von Präsident Volet und Verwaltungsratsmitglied Von Bergen empfangen werden sollte.

Ab Viertel vor eins standen die beiden Herren mit wachsender Aufregung nebeneinander auf dem Vorplatz des Bahnhofs. Um die Mittagszeit herrschte dort natürlich ein grosser Trubel. Wie Getriebene schritten sie aus allen Richtungen daher, eilten an den Bahnhofskiosk, kauften Kaugummis, Zigaretten, Lektüre, sprangen in den Bus oder rannten die Gleise hoch, rannten die Gleise runter oder sprangen aus dem Bus, eilten an den Bahnhofskiosk, Lektüre, Zigaretten, Kaugummis, schritten in alle Richtungen davon.

«Bist du dir sicher, dass das Ganze eine gute Idee war?», fragte einer der Herren.

«Halt die Klappe, dafür ist es jetzt zu spät», schnauzte der andere.

«Ich habe letzte Nacht von deinem Finger geträumt.»

«Wirklich?»

«Nein. Aber vor dem Einschlafen habe ich an ihn gedacht.»

«Und konntest du dann trotzdem einschlafen?»

«Klar. Schlafprobleme hatte ich noch nie. Mal im Ernst, willst du denn jetzt dein ganzes Leben lang Handschuhe tragen?»

«Was soll ich denn sonst tun? Mit neuneinhalb Fingern nimmt dich doch keiner mehr ernst!»

Wenn man Big Bad Boy ein bisschen kannte, war das eine geradezu rührende Behauptung. Aber darum ging es jetzt nicht. Man konnte ein anderes Mal über Fredis Schlaf und Big Bad Boys Finger fachsimpeln, jetzt war es wohl besser, sich auf das anstehende Schauspiel zu konzentrieren, überhaupt galt es nun, die Welt, in der man lebte, für eine Weile zu verlassen. Fredi musste sich also vom Nichtstun und vom planlosen Bierkonsum ebenso distanzieren wie Big Bad Boy davon, Mönchen das Frühstück zuzubereiteten und Staub aus gebrauchten Teppichen zu klopfen. Sie mussten, spätestens in diesen Minuten, in denen sie auf die Ankunft der russischen Oligarchin warteten, zu Drahtziehern von Big Deals werden, zu Grossindustriellen, zu Magnaten, zu Global Players.

Und während Big Bad Boy nervös nach einer 34-jährigen schlanken hübschen Frau mit langen braunen Haaren Ausschau hielt, erblickte Fredi in der Menge eine Dame mit Koffer, die ihm sogleich wie eine grosse russische Zarin vorkam. Sie hatte kurzes, rot gefärbtes Haar und trug trotz der milden Temperaturen einen dunkelblauen Mantel, der ihr bis zu den Knien reichte.

Fredi schätzte sie auf fünfzig, vielleicht auch sechzig. Nie im Leben auf vierunddreissig.

Ganz gebannt verfolgte er, wie sie, ihren Koffer hinter sich herziehend, auf den Bahnhofsplatz trat, in durchaus elegantem Gang, der jedenfalls nicht gegen eine gewisse Vertrautheit mit dem Schwebebalken oder dem Sandplatz sprach.

Sekunden später stand sie vor ihnen.

«Die Herren? Warten Sie auf mich?», sagte sie in russisch-akzentuiertem Deutsch, das Fredi nur aus Spionagefilmen kannte. «Ich bin Swetlana Zenowa.»

In Big Bad Boys Sprachlosigkeit lag Fredis Gunst der Stunde. Lächelnd reichte er Swetlana Zenowa die Hand und sagte: «Willkommen in Freiburg, Frau Zenowa. Präsident Volet mein Name.»

«Es freut mich, von Ihnen empfangen zu werden», sagte sie. Sie hatte ein ganz freundliches Gesicht. Lange Wimpern, schmale Lippen, gepuderte Wangen. Obwohl Fredi sie sich anders vorgestellt hatte – Kunststück, nach dem, was er bis jetzt von ihr gehört hatte –, war er ab dem ersten Augenblick von ihr fasziniert.

Big Bad Boy hingegen hatte immer noch kein Wort hervorgebracht. Es sah ganz so aus, als müsste Fredi das Zepter übernehmen. «Das ist Verwaltungsrat Von Bergen», sagte er mit einer schwungvollen Armbewegung und verwies auf den farbenfrohen Typen neben ihm.

Doch plötzlich wurde es dunkel.

Links und rechts von Swetlana Zenowa tauchten zwei Männer auf, die Fredi an die beiden Klitschko-Brüder zu ihren besten Zeiten erinnerte.

«Das sind Igor und Iwan», sagte sie. «Meine beiden Begleiter.»

Man reichte den beiden die Hand. Es tat weh.

Mit einem mulmigen Gefühl brachten Fredi und Big Bad Boy das Trio aus Russland zum Taxi, das man bereits bestellt hatte. Zu fünft hatten sie darin aber keinen Platz, also liess man Swetlana Zenowa, Igor und Iwan schon mal vorfahren und teilte ihnen mit, man komme gleich nach.

Fredi kam es nicht unbedingt gelegen, für eine Weile mit Big Bad Boy allein zu sein. Natürlich war das, was er eben geboten hatte, nicht die hohe Fairplay-Schule gewesen. Aber es war bestimmt nicht so hinterhältig, wie wenn man sich als beste Frau der Welt ausgab, um seinen Kumpel aus dem Haus zu locken.

«Nehmen wir jetzt auch ein Taxi?», fragte Fredi, nachdem der Mercedes mit den Gästen in Richtung NH Hotel losgefahren war.

«Natürlich nicht», sagte Big Bad Boy leise.

Das leuchtete Fredi ein. Das NH Hotel lag kaum hundert Meter vom Bahnhof entfernt.

«Und warum nehmen dann die Russen das Taxi?»

Überraschenderweise sprach Big Bad Boy auf dem ganzen Weg ins Hotel kein Wort mehr. Fredi hätte nicht schwören können, dass er nicht weinte. Was musste der Mann in den letzten fünf Minuten auch alles erdulden? Zuerst die niederschmetternde Erkenntnis, dass seine vertraute Internetbekanntschaft nicht vierunddreissig, sondern fast doppelt so alt war, dann die Degradierung vom Clubpräsidenten zum einfachen Vorstandsmitglied, und schliesslich die Präsenz zweier russischer Hünen, die seinen ganzen Plan mitten ins Mark trafen.

Trotz Fredis Retourkutsche übernahm Big Bad Boy die Initiative und leitete die Konferenz ein. Er tat dies mit den dafür üblichen Floskeln, bestimmt hatte er sich die kleine Einleitung irgendwo im Internet zusammengeklaut.

Fredi und Big Bad Boy sassen an einem Tisch auf der Bühne, Swetlana Zenowa in der vordersten Reihe, das hiess, etwa fünfzehn Meter von den beiden entfernt, derweil Igor und Iwan ganz hinten Platz genommen hatten und sich, zur Erleichterung der beiden Gastgeber, nicht unmittelbar an der Konferenz beteiligten. Für all die Bijous aus dem Gebrauchtwarenladen, mit denen man Swetlana Zenowas Gunst gewinnen wollte, hatte sie kein lobendes Wort verloren, und auch für Fredis Fanartikel schien sie sich nicht besonders zu erwärmen. Überhaupt wirkte sie ein bisschen teilnahmslos. Einmal kramte sie, während Big Bad Boy sprach, in ihrer Handtasche, nahm etwas Handcreme hervor und trug sich diese auf. Vielleicht hörte sie trotzdem zu. Vielleicht war sie nach der strapaziösen Reise müde. Was wirklich in ihr vorging, war schwierig zu sagen. Auf jeden Fall war sie ein wenig geheimnisvoll. Eine Russin halt.

Fredi stellte sich auf einen gemütlichen Nachmittag ein, als er hörte, wie Big Bad Boy zum ersten Traktandum «Historie von Freiburg und seinem Eishockeyclub» überleitete und anfügte: «Dafür erteile ich das Wort meinem geschätzten Kollegen, Präsident Volet.»

War er wahnsinnig geworden? Wollte Big Bad Boy wirklich das ganze Vorhaben an die Wand fahren, nur um sich an ihm zu rächen? Fredi wurde heiss um den Hals. Die Krawatte drohte ihm die Luft zu nehmen.

Derweil liess Big Bad Boy die nächste Folie seiner kunstvollen Power-Point-Präsentation erscheinen: Sie zeigte ein Bild des Freiburger Burgquartiers mit seiner Kathedrale.

Ja dann halt. Fredi tat, was er konnte, räusperte sich und begann zu reden: «Freiburg hat eine schöne mittelalterliche Altstadt, die im Mittelalter gebaut wurde … Und zwar von den gleichen Typen, die auch Bern gebaut haben, den Zähringern. Irgendwann war Freiburg sogar die Hauptstadt der Schweiz, wann genau weiss heute keiner mehr. Heute ist Bern die Hauptstadt, warum genau weiss auch keiner … Egal. Ursprünglich war Freiburg eine deutschsprachige Stadt. Heute führen sich die Welschen aber so auf, als ob sie hier die Türme und Mauern gebaut hätten … Das zur Geschichte.»

Dann Stille. Nach den vielen historischen Rätseln wusste nun auch niemand genau, ob Fredi weitersprechen würde oder nicht, Fredi eingeschlossen. Big Bad Boy kam ihm mit der nächsten Power-Point-Folie zu Hilfe, ein Bild der Fischteiche im Galterntal. Erleichtert erfasste Fredi, dass er sich nun dem Thema Eishockey zuwenden sollte. Da wusste er viel. Doch wo anfangen? Er sann kurz nach, wann der Club gegründet worden war. Vor drei Jahren feierte man das 75-Jahre-Jubiläum, also 2015 minus 3 minus 75. Zu Hause wäre das einfach gewesen, aber nun sass er als Clubpräsident auf dem Podium eines riesigen Konferenzsaals, vor ihm das imposante Publikum in Form einer Russin, die ihn, wie er beim Hochblicken bemerkte, mit grossen Augen musterte. Sie wirkte nun ein wenig interessierter als noch während der Einleitungsrede von Big Bad Boy. Das motivierte Fredi.

«Es war vor achtundsiebzig Jahren, als sechs Schulbuben auf den Fischteichen begannen, Eishockey zu spielen», fuhr er, die kurze Unsicherheit überspielend, fort. «Da kam es zum Ereignis, das später die ganze Stadt verändern sollte: In der Küche des einen Schulbuben gründeten sie einen Club. HC Gottéron nannten sie ihn, denn die Fischteiche, die befinden sich im Galterntal, oder wie die Welschen sagen, im Gottérontal. Die Stöcke bastelten sie selber. Die Schutzausrüstung auch, aus Kissen und Schafwolle und Autositzen. Die Trikots strickten die Mütter. Derjenige, der nicht schlittschuhlaufen konnte, musste ins Tor.»

Fredi fühlte sich besser. Jetzt ging es um seinen Club, jetzt war er zu Hause. Der Beamer zeigte nun die erste offene Eishalle in der Unterstadt.

«Bald reichten die Fischteiche nicht mehr aus, man wollte ja einmal richtige Eishockeyspiele spielen. Also baute man neben dem Augustinerkloster eine Eisbahn. Die ganze Unterstadt half mit. Aber das Gelände hatte ein leichtes Gefälle, und der Hydrant, aus dem man das Wasser zum Bewässern nahm, war undicht. So war es um die ganze Eisbahn herum immer glatt. Daran hatten nicht alle Freude, das kann man sich ja vorstellen.»

Was redete er hier eigentlich? Hatte die Clubchronik nichts Bedeutenderes zu bieten als einen undichten Hydranten? Fredi ermahnte sich, zur Sache zu kommen.

«Der HC Gottéron entwickelte sich zu einem der besten Quartierclubs der Stadt. In den Schweizerischen Eishockeyverband wurde man aber noch nicht aufgenommen, weil keines der Mitglieder volljährig war.»

Er sah auf und vermutete im Gesicht der Russin ein Schmunzeln. Doch diese kramte schon wieder in ihrer Handtasche und nahm, zur grossen Enttäuschung des Referenten, ihr Handy hervor.

Worauf sollte er jetzt noch eingehen? Es hätte noch so viele schöne Geschichten gegeben. Der Nationalspieler Walter Essig aus Graubünden, der nach Freiburg kam, um ein Lebensmittelgeschäft zu eröffnen, und nebenbei Gottérons erster Trainer wurde. Die ersten ausländischen Mannschaften auf Freiburger Eis, der HC Amsterdam, die Universitätsteams aus Oxford und Cambridge. Aufstieg von der tiefsten Schweizer Liga in die Nationalliga B. Die erstmalige Verpflichtung eines Ausländers. Endlich eine Kunsteisbahn. Die Überdachung der Eisbahn – womit man sich die Spiele nicht mehr vom Augustinerkloster oder von der Zähringerbrücke aus ansehen konnte. Abstieg, Wiederaufstieg, und dann, 1980, der Aufstieg der legendären Copains in die Nationalliga A. Der man seither ununterbrochen angehörte. All das hätte Fredi Freude bereitet, in seinen Einzelheiten darzustellen. Aber nichts war deprimierender, als jemanden für seine Herzensangelegenheit begeistern zu wollen, der nicht zuhörte. Warum interessierte sich Swetlana Zenowa nicht für die Geschichte Gottérons? Sie wollte den Club doch kaufen? Fredi entschied, einen Zeitsprung in die Neunzigerjahre zu machen.

«Im Jahr 1990 blickte die ganze Eishockeywelt nach Freiburg. Nachdem die Sowjetunion hopsgegangen war, konnte der HC Freiburg Gottéron die beiden besten Spieler der Welt, Slawa Bykow und Andrei Chomutow verpflichten.»

Jetzt zumindest sah Swetlana Zenowa wieder einmal hoch. Die Jahre des russischen Zauberduos wurden natürlich von Big Bad Boys wirklich ausgezeichneter Power-Point-Präsentation angemessen illustriert.

«Mit den beiden wurde man auf der Stelle zum Top-Team. Wurde dreimal in Folge Vizemeister. Auch 2013 stand man dann wieder im Finale.»

Fredis Euphorie versiegte nun etwas. Vizemeister. Es war doch recht ernüchternd, eine 78-jährige Vereinsgeschichte zu präsentieren, ohne dabei einen einzigen Meistertitel erwähnen zu können.

«Ich gebe nun das Wort weiter an Marketingstratege Von Bergen», sagte er kühl und lehnte sich zurück. Er glaubte, seine Rede mit Bravour gemeistert zu haben, insbesondere, wenn man die kurze Vorbereitungszeit berücksichtigte. Ob dies auch Swetlana Zenowa so sah? Allmählich fragte sich Fredi, wie gut sie Deutsch verstand.

Und dann kam die grosse Show des Big Bad Boy.

Fredi fand seine Rede ungewöhnlich. Fast ein bisschen unverschämt. Aber irgendwie doch – bemerkenswert.

Big Bad Boy setzte sich eine Intellektuellenbrille auf die Nase. Alles nur Gehabe, vermutete Fredi, in Big Bad Boys Raubvogelaugen konnte sich einfach keine Sehschwäche herausgebildet haben. Die Trümpfe des freien Sprechens ignorierend nahm er ein Blatt zur Hand und begann in einem professionellen Ton, der im völligen Widerspruch zu seiner Kleidung, ja zu seiner ganzen abgefuckten Persönlichkeit stand, zu lesen: «Ich möchte Ihnen im Folgenden, geschätzte Frau Zenowa, anhand nur einiger Beispiele aufzeigen, welch sagenhafte vermarktungstechnische Möglichkeiten in unserem Club stecken.»

Nun wurde Big Bad Boys Blatt in den Händen nachvollziehbar. Kein Mensch konnte solche Sätze auswendig aufsagen. Fredi fiel zudem auf, dass Big Bad Boy Frau Zenowa direkt mit ihrem Namen ansprach. Ein raffinierter Trick, um Aufmerksamkeit einzuholen. Es konnte schon sein, dass Big Bad Boy diesen RAV-Kurs gemacht hatte, von dem er gesprochen hatte.

«Sie werden sehen, dass wir mit Ihrer Finanzkraft und meinem Knowhow zweifellos in der Lage sind, einen weltweiten Triumphzug anzutreten. Mein Ziel ist es», und dabei machte Big Bad Boy eine Art Becker-Faust, «mit unserem Club in fünf Jahren die globale Popularität eines Manchester United oder eines Bayern München zu erreichen.»

Kunstpause.

«Eishockey gehört in der Schweiz seit Jahrzehnten zu den populärsten Sportarten. Es ist sogar populärer als etwa Tennis, wo wir ja das beste Land der Welt sind.»

Erwartungsgemäss mauserte sich Big Bad Boys Power-Point-Präsentation zu einem veritablen Feuerwerk. Innert Zehntelssekunden flogen Federer, Wawrinka, Bencic, Federer, Bascinsky, Hingis und Federer über die Wand.

«Vor drei Jahren haben wir mit dem Gewinn der Silbermedaille an den Eishockey-Weltmeisterschaften die ganze Welt in Staunen versetzt. Seitdem interessiert sich auch im Ausland jeder, der mitreden will, für das Schweizer Eishockey. Schweizer Eishockey hat Hochkunjunktur, wie man bei uns im Wirtschaftsjargon sagt, und diesen Boom, Frau Zenowa, diesen Flow gilt es jetzt mit allen Regeln der Marketingkunst auszunutzen. Wo nun bietet sich das eher an als in Russland, wo das Eishockey Nationalsport Nummer eins ist?»

Über den Brillenrand hinweg warf er einen konzentrierten Blick ins Publikum, dann fuhr er in rasantem Tempo fort.

«Wie wir ja schon gehört haben – und ich nehme an, vor allem deshalb interessieren Sie sich für eine Zusammenarbeit mit uns – ist der HC Freiburg Gottéron der ehemalige Club der russischen Legenden Slawa Bykow und Andrei Chomutow. Welch gottähnlichen Status die beiden sowohl bei uns wie auch in ihrem Vaterland geniessen! Die beiden stehen noch heute für den Mythos Russland. Die beiden stehen für jene goldenen Jahre, in denen Russland, oder die Sowjetunion, in ihrem Nationalheiligtum Eishockey unschlagbar war. Nichts anderes tat, als Titel holte. Pokale sammelte wie Briefmarken. Wie kaum jemand repräsentieren Bykow und Chomutow den grossen russischen Traum. Die russische Weltüberlegenheit.»

Big Bad Boy erhob sich von seinem Stuhl und ging ein paar Schritte über die Bühne, um Spannung aufzubauen vielleicht, oder der eigenen Anspannung wegen. Allmählich wurde es beängstigend, wie dieser Mann sich mit Leib und Seele einer Sache verschrieb, die so gar nicht existierte. Was er hier mit totalem Eifer vortrug, war ja reine Fiktion und diente allein dazu, jemanden zu täuschen. Ein exzellenter Schauspieler war hier am Werk, hätte Fredi beinahe voreilig gedacht, doch er ahnte, dass hier nicht zwingend Big Bad Boy, der Schauspieler, agierte, sondern einfach Big Bad Boy, der Verrückte. Denn das Feuer, das in seinen Augen loderte, das konnte keine Schauspielkunst sein. Das war vielmehr Wahnsinn. Und der ging weiter:

«Heute schreiben wir das Jahr 2015. Bykow und Chomutow sind – ich hoffe, Ihnen damit nicht zu nahezutreten – zu Freiburgern geworden. Bykow sitzt mit uns im Verwaltungsrat, sein Sohn spielt bei uns, Chomutow trainiert in der Nähe eine Juniorenmannschaft. Die russische Phalanx im Welteishockey ist längst durchbrochen worden. Nationen wie Kanada, USA, Schweden, Finnland, Tschechien, ja sogar die Schweiz können den Russen Paroli bieten. Ein Blick tief in die russische Seele aber zeigt: Das Volk sehnt sich nach den früheren Triumphen, dürstet nach der damaligen Vormachtstellung. Wir haben also, Frau Zenowa, hier eine Nation mit einem starken Sehnsuchtsgefühl, da eine Stadt, in der ihre Ikonen leben. In diesem engen Bund zwischen den beiden berühmten Söhnen Russlands und unserem Club, unserer Stadt, verbirgt sich ein gigantisches Potential!»

Nun war er völlig ausser Rand und Band. Wie der ehemalige glatzköpfige Microsoft-Chef tigerte er über die Bühne, warf die Arme in die Luft, zog wilde Grimassen, während der Beamer wie aus einer Kalaschnikow Bilder der beiden Russen an die Wand schoss. Fredi überlegte, wie man diesen Irren stoppen konnte.

«Was wäre Salzburg ohne Mozart, was wäre Nazareth ohne Jesus? Es wären Käffer, die kein Schwein hinter dem Ofen hervorlockten, wenn Sie mir die Redensart erlauben, Frau Zenowa. Unter uns: So gut war Mozart nun auch wieder nicht. Aber Salzburg hat einfach tolle Arbeit geleistet und ihn massiv gepusht, mit Mozartgeburtshaus und Mozartkugeln und Mozartperücken und was weiss ich! Über Jesus brauchen wir gar nicht zu diskutieren. Gewiefte Manager haben einen gut aussehenden Fischer zum grössten Popstar aller Zeiten gemacht. Worauf ich hinaus will: Mit etwas Kreativität besitzt jede Stadt einen Mozart und einen Jesus! Bei uns sind dies eben Bykow und Chomutow. Machen wir sie zu Touristenmagneten! Machen wir Freiburg zur Pilgerstätte für Russland und die ganze Eishockeywelt! Ich sehe Pauschalreisen, die man anbieten könnte. ‹Auf den Spuren Bykows und Chomutows› oder so ähnlich. Ich sehe Restaurants, die ihren Namen tragen und natürlich einen Bykow-Eintopf und einen Coupe Chomutow anbieten. Ich sehe Bronze-Statuen, Wanderwege, Stadtführungen, Souvenirläden, und und und … Und mit all diesen Angeboten würde Freiburg zu einem Mekka für alle Russen werden, unsere Mitgliederzahlen würden explodieren, ja vielleicht hiesse die Stadt irgendwann Slawa-Bykow-Stadt, und das Machtzentrum wäre unser, Ihr Eishockeyclub …»

Den Satz kunstvoll in der Schwebe belassend setzte sich Big Bad Boy wieder. Endlich.

Seine Verrücktheiten aber waren noch nicht zu Ende.

«Nun wollen wir uns ja nicht nur in Richtung Russland orientieren. Ziel ist es, unsere Marke auch in anderen Teilen der Welt zu etablieren und global zu expandieren. Ähnlich wie bei Bykow und Chomutow könnten wir mit anderen ausländischen Spielern verfahren, die Teil unserer Organisation sind. Ich denke da an den Finnen Sakari Salminen, mit dem wir den skandinavischen Markt erobern könnten. Ich denke an die Kanadier Pouliot und Picard, die beide aus Québec kommen, der Eishockeyhauptstadt schlechthin. Eine wahre Perle für die Kunst des Personenkults ist schliesslich Greg Mauldin.»

Mauldins komplette Biografie zog in drei Sekunden über die Wand.

«Er ist ein richtiger amerikanischer Held. Seine Karriere verlief genau so, wie es die Amerikaner lieben: Kaufte seine ersten Schlittschuhe bei der Heilsarmee für sechs Dollar. Schlief als Teenager auf Eierschachteln in der Eishalle, um mehr trainieren zu können. Schaffte es in die NHL, wurde zu einem der härtesten Spieler der Welt. Wenn ihm ein Puck die Zähne ausschlägt, spürt er keine Schmerzen. Und so weiter. Seine dunkle Hautfarbe kann ihn ausserdem zu einem Idol der Afroamerikaner und des Schwarzen Kontinents machen.»

An der Wand erschienen Martin Luther King, Jimi Hendrix und Barack Obama.

«Glauben Sie mir, Frau Zenowa: Wenn sich sein Werdegang in den USA erst einmal herumspricht, wird man sich in Hollywood um die Filmrechte reissen. Und wenn wir schon über Hollywood sprechen: Der Drache in unserem Vereinslogo, die Sage um den Drachen im Gottérontal, die aktuelle Popularität von Fantasy-Filmen …»

Es folgten kurze Filmausschnitte aus dem Hobbit und Game Of Thrones.

«Sie sehen, Frau Zenowa, mit seinen Helden und Geschichten und Legenden ist unser Club ein schier unerschöpfliches Arsenal.»

Swetlana Zenowa sass nach der tornadoartigen Rede dieses Magiers wie gebannt auf ihrem Stuhl, als hätte sie zum ersten Mal in ihrem Leben einen Madonna-Videoclip zu Gesicht bekommen. Noch Sekunden, nachdem im ganzen Konferenzsaal Stille eingekehrt war, bewegte sich ihre Hand weder in die Handtasche noch zum Handy, und ihr Blick kannte keine andere Richtung als diejenige, in der einer der beiden Clubvorsitzenden soeben seine visionären Ideen vorgetragen hatte. Sogar Igor und Iwan schienen der Kraft der Worte erlegen zu sein, die aus der Kehle dieses Kreativkopfs gesprudelt waren, allein in ihrer Körperhaltung, die sie nun eingenommen hatten, lag Erstaunen, ja Bewunderung.

«Ich bin fertig», schloss Big Bad Boy die heutige Konferenz, nur geringfügig eleganter als damals Trapattoni.

Nachdem die Russen gegangen waren, durfte Präsident Volet endlich wieder Fredi sein und kratzte sich mit einem routinierten Handgriff im Schritt. Auch Vorstandsmitglied Von Bergen verwandelte sich zurück in Big Bad Boy, zumindest nominell, denn Fredi konnte in seinem Verhalten keine Veränderung feststellen, die darauf hingedeutet hätte. Das lag vielleicht daran, dass die Verwandlung Big Bad Boy zu Von Bergen gar nie richtig stattgefunden hatte. Big Bad Boy war zu fünfundachtzig Prozent Big Bad Boy geblieben. Und auch die restlichen fünfzehn Prozent waren bestimmt zu etwas anderem als zu Von Bergen geworden.

«Das war schon ein bisschen dick aufgetragen, oder?», sagte Fredi.

Big Bad Boy war nach seinem Kraftakt ganz erschöpft. Mit der Achtlosigkeit eines Eishockeyspielers nach einer Playoff-Schlacht trank er aus seiner Flasche – schwierig zu beurteilen, ob er sich dabei absichtlich oder versehentlich Wasser ins schweissnasse Gesicht spritzte.

«Du musst wissen, Fredi», sagte er mit tropfendem Mund. «Der Russe ist grössenwahnsinnig.»

Das alte Lied. Allmählich fand Fredi, der russischste aller Russen sei Big Bad Boy.

«Daran musst du noch arbeiten, Fredi», ergänzte Big Bad Boy. «Aber so ganz spontan warst du gar nicht übel.»

Er sagte dies voller Aufrichtigkeit. Anscheinend trug er Fredi nicht nach, dass er sich eigenmächtig zum Präsidenten gekürt hatte. Nach der Machtdemonstration auf dem Podium stand ja ohnehin nicht mehr zur Debatte, wer denn in Wahrheit das Sagen hatte.

Es folgte ein kleiner Vorausblick auf den kommenden Tag, wobei Big Bad Boy Fredi weitere Einsichten ins Einmaleins der Wirtschaft gewährte: «Beim ersten Treffen muss man die Leute begeistern, und so tun als ginge es gar nicht ums Geld, sondern einzig um die grosse gemeinsame Vision. Beim zweiten Treffen dann lädt man sie grosszügig zum Essen ein, und genau in dem Moment, in dem sie deshalb ein schlechtes Gewissen bekommen und sich schuldig fühlen, schlägt man zu: Dann spricht man übers Geld.»

Fredi runzelte die Stirn. Dass Big Bad Boy immer noch Anspruch darauf hatte, ernst genommen zu werden, nachdem man seiner 34-jährigen engen Vertrauten begegnet war, das zeugte schon von ungebrochener Selbstüberschätzung.

«Worüber hast du dich eigentlich mit ihr noch unterhalten? Im Internet, meine ich», fragte Fredi.

«Lass uns den Fokus auf die Zukunft richten», sagte Big Bad Boy ernst.

Auch eine Antwort. Fredi entschied, ihn beim Wort zu nehmen und sagte: «Gehen wir in die Hotelbar?»

«Nein! Dort gibts Überwachungskameras!»

Daran hatte Fredi schon fast nicht mehr gedacht. An Kameras sowieso nicht, aber nicht einmal mehr daran, dass sie hier im Begriff waren, einen kriminellen Akt zu vollziehen. Es war alles so friedlich verlaufen. Kein Blut, keine Waffen, keine bösen Worte.

Und plötzlich sprach Big Bad Boy von der Gefahr, die von Sicherheitskameras ausging.

«Big Bad Boy», überlegte Fredi laut, «wie sichts eigentlich aus mit einer Art Sicherheitskonzept für unser Projekt? Ich meine, wenn hier alles mal auffliegt, und das wird es ja, dann kennen ja doch einige Leute unser Gesicht. Swetlana Zenowa. Die beiden Hünen. Das Hotelpersonal. Der Taxifahrer …»

«Ja, Fredi, hör schon auf!»

«Also?»

«Jetzt mach dir nicht in die Hose, Mann. Wenn du wieder Bart hast, bist du ein neuer Mensch.»

«Und du?»

«Mach dir um mich keine Sorgen. Ich bin Big Bad Boy!»

Genau. Das stimmte zuversichtlich. Fredis Partner war ja nicht irgendeiner. Fredis Partner war ein grosser kräftiger Mann namens Vincenzo, Sprössling eines berüchtigten neapolitanischen Geschlechts, der in vielen langen Nächten von den besten Finstermännern seiner Zeit unterrichtet worden war, bis er ihnen in sämtlichen Sparten des Kriminalhandwerks das Wasser reichen konnte, sie gar überflügelte und eine beispiellose Karriere machte. Seine Einfälle waren legendär, ebenso sein Geschick, mit dem er die Unternehmungen einfädelte und damit sagenhaften Reichtum erlangte: Er war der grosse Big Bad Boy, wie ihn seine zahlreichen Bewunderer inzwischen ehrfurchtsvoll nannten.

So hätte es sein müssen. Ach, wie schön es gewesen wäre, einmal mit einem richtigen Profi zusammenzuarbeiten. Aber Fredi war nicht einer, der gerne herumhaderte. Man musste mit dem zur Verfügung stehenden Material auskommen, das war im Eishockey so, das war im Verbrechen so. Und wahrscheinlich galt das auch ein bisschen in der Liebe.

Nachdem sich Big Bad Boy zuversichtlich aus dem Staub gemacht hatte, ging Fredi ins Untergeschoss des nächsten Kaufhauses, um für den Nachhauseweg eine kleine Erfrischung zu besorgen. Beim Trinken verhielt es sich gerade anders als im Eishockey, im Verbrechen oder in der Liebe: Hier war man der unangefochtene Souverän. Man konnte den Supermarkt betreten, das Bierregal studieren und, sofern man ein paar Münzen in der Tasche hatte, aus der riesigen Auswahl diejenige Dose mitnehmen, für die man sich am meisten begeisterte. Man konnte seinen ganzen freien Willen walten lassen, sich ein deutsches oder ein belgisches oder ein malaysisches Bier schnappen, mit ihm an die Kasse gehen und es trinken. Jederzeit. Niemand redete einem rein. Niemand verbot es einem. Solange man das konnte, war alles gut.

Big Bad Boy war wirklich ein verrückter Hund, dachte Fredi, als er mit zwei Faxe-Dosen im Bus sass, der im beginnenden Abendverkehr vom Stadtzentrum in den Schönberg tuckerte. Big Bad Boy erinnerte Fredi ein bisschen an den früheren Gottéron-Präsidenten Jean Martinet.

Im Jahr 1990 hatte Martinet gehört, die russischen Stürmer Slawa Bykow und Andrei Chomutow seien zu haben. Er kannte die beiden nicht, er war auf dem Eishockeygebiet nicht sehr versiert. Deshalb rief er einen Freund an, um ihn zu fragen, ob diese Russen etwas taugen. Der Freund lachte und sagte, das wäre, wie wenn man versuchen würde, Diego Maradona zum FC Freiburg zu holen. Martinet wusste, dass Diego Maradona etwas taugte. Also flog er nach Moskau und kam mit den unterschriebenen Verträgen wieder zurück. Statt in die NHL zu den Québec Nordiques, die die beiden Weltmeister und Olympiasieger gedraftet hatten, wechselten Bykow und Chomutow zum Befremden der Eishockeywelt in die Provinz nach Freiburg. Martinet war das beste Beispiel dafür, dass sich Wahnsinn manchmal auszahlte.

Big Bad Boy war aber noch ein bisschen verrückter einzustufen als der verrückte Martinet. Auch einem Martinet wäre es nicht in den Sinn gekommen, in Freiburg mithilfe des Eishockeys ein Weltimperium aufbauen zu wollen, das russische Expansionsgelüste ganz unschuldig mit dem American Dream kombinierte.

Zu Hause machte Fredi den Fernseher an, nicht weil er fernsehen wollte, sondern damit ihn der ausgeschaltete Fernseher nicht ärgerte. Wenn man in der kleinen Wohnung nämlich nicht gerade schlief, duschte oder am Kühlschrank stand, dann setzte man sich auf das Sofa im Wohnzimmer. Und dieses Sofa war mangels Alternativen genau so platziert, dass man darauf sitzend gezwungen war, den Fernseher anzustarren. Aber ein Fernseher, der nicht lief, war auf Dauer natürlich beste Nahrung für den Trübsinn, also machte man ihn besser an, um nicht irgendwelchen unnützen Gedanken nachzuhängen.

Heute liess sich Fredi auch von einem spannenden Mittelalterepos nicht ablenken. Er dachte so angestrengt über den erlebten Tag nach, als würde er in einen kaputten Schwarzweissfernseher starren. Im Film, der in seinem Kopf ablief, sah er Swetlana Zenowa, die zumindest bei der Begrüssung einen ganz angenehmen Eindruck gemacht hatte. Er sah Igor und Iwan, mit denen sich niemand, der einigermassen bei Verstand war, auch nur auf ein gemütliches Kartenspiel eingelassen hätte. Und natürlich sah er Big Bad Boy, der sich wie ein Wilder für den Club einsetzt, wo er doch sonst nie etwas mit Eishockey zu tun haben wollte. So gesehen war sein Exploit ziemlich herzerwärmend. Aber irgendwie hatte Fredi kein gutes Gefühl. Bestimmt hatte Big Bad Boy harte und gute Arbeit geleistet, nur besass das Projekt keine solide Grundidee. Man war zu sehr abhängig von Swetlana Zenowas Urteil, aus eigener Kraft konnte man praktisch nichts erreichen. Das widersprach doch Fredis Auffassung von Verbrechen.

Er hatte sich überrumpeln lassen, anders konnte man es wohl nicht mehr betrachten. Eine verheerende Mixtur aus Alkohol, Langeweile, Geldnot, Abenteuerlust, und plötzlich sass man abends vor dem Fernseher und bemerkte, dass man einen Fehler gemacht hatte.

Er leerte die Faxe-Dose, die er schon im Bus begonnen hatte, mit dem Eindruck, dass sich deren Inhalt schon ein wenig in seinem Kopf herumtrieb. Das war nach der bisher getrunkenen Menge eigenartig. Er sah sich die Dose genauer an und fand sogleich des Rätsels Lösung: Der Alkoholgehalt lag bei 10 %. Fredi stiess einen verwunderten Laut aus. Das war ja beinahe Wein. Er machte sich an die zweite Dose.

So ist es nun halt, dachte er, jetzt war man in dieser Geschichte drin, und jetzt gab es kein Entrinnen mehr. Jetzt musste man die Sache zu Ende bringen und dabei vor allem dagegen gewappnet sein, dass nicht alles nach Big Bad Boys Plan laufen würde.

Beim nächsten Schluck bemühte er sich, die 10 % in der Flüssigkeit auszumachen. Sie waren erstaunlich gut versteckt, ein ganz verschlagener Brauer war da am Werk gewesen. Die folgenden Schlucke dann passierten wieder seine Kehle, ohne dass er sich eingehender mit ihnen auseinandersetzte. Stattdessen grübelte er nach, wie er es schon viel eher hätte tun sollen. Ihm wurde klar, dass er sich, wie wohl jeder Clubpräsident, in einer Zwickmühle befand. Denn einerseits wollte er das Beste für sich selber, anderseits das Beste für seinen Club. Das Beste für sich selber war aber nicht das Beste für seinen Club, und das Beste für seinen Club wäre eigentlich auch für ihn das Beste gewesen, aber darum ging es nicht, er war ja gar nicht wirklich Clubpräsident, er war nur ein fiktiver Präsident, der vorgeben sollte, das Beste für seinen Club zu wollen, in Wahrheit aber das Beste für sich herausholen wollte –

Es war zum Verrücktwerden. Er nahm die Fernbedienung und schaltete den Fernseher aus, bei diesen Schwertkämpfen konnte man sich ja gar nicht richtig konzentrieren.

Er musste jetzt einen kühlen Kopf bewahren, sagte er sich. Ruhig bleiben. Das war schon immer seine Stärke gewesen.

Also starrte er in den toten Bildschirm, um seine Fantasien in leuchtenden Farben erblühen zu lassen, und spielte die verschiedenen Fortsetzungsmöglichkeiten der Geschichte durch. Denkbar war, dass Swetlana Zenowa die Ambitionen von Verwaltungsrat Von Bergen für etwas realitätsfern hielt und sich aus den Verhandlungen zurückzog. Eine schlechtere Möglichkeit ging etwa so: Swetlana Zenowa war von den Visionen des Genies Von Bergen begeistert, streckte dem Vorsitzenden-Duo bedenkenlos hunderttausend Franken vor, der Betrug flog auf, Volet und Von Bergen, beziehungsweise Fredi und Big Bad Boy wurden gefasst und eingekerkert, derweil Swetlana Zenowa den richtigen Volet und Von Bergen die Pläne der falschen schmackhaft machte. Oder: Swetlana Zenowa, die sich eigentlich mehr für Sport als für die Vermehrung ihres Kapitals interessierte, wandte sich, nachdem die Täuschung aufgeflogen war, enttäuscht vom HC Freiburg Gottéron ab und unterstützte aus Rache den SC Bern, der mit Hilfe ihrer Millionen fortan die Liga dominierte.

Je mehr Faxe er trank, umso stärker wurde Fredi bewusst, dass das, was sie taten, weder ein kleiner Spass noch ein harmloses Nebenverdienstprojekt war. Es ging hier nicht nur darum, einer Einzelperson ein bisschen Geld abzunehmen, es ging hier womöglich um weit mehr.

Mit Schaudern dachte Fredi an das Schreckensszenario, das Big Bad Boy entworfen hatte. Der Traditionsclub HC Freiburg Gottéron sollte zum globalen, von russischer Hand geführten Unternehmen HC Slawa-Bykow-Stadt mutieren.

Obwohl das alles Theater war, ein von Big Bad Boy fabulierter Unsinn – als Idee blieb er bestehen, im Kopf einer Investorin, die sich vorgenommen hatte, Fredis Herzensclub zu ihrem Spielzeug zu machen. Das war besorgniserregend, denn der Russe – und Fredi ging davon aus, dass Big Bad Boy damit auch Swetlana Zenowa mitmeinte – war ja bekanntlich skrupellos und selbstsüchtig und grössenwahnsinnig.

Fredi fühlte sich nach all den anstrengenden Spekulationen, als ob sein Kopf bald platzen würde. Er machte den Fernseher wieder an.

Der Sportsender zeigte jubelnde Fussballer in blauen Hemden. Es war eine Reportage über den Aufstieg des

FC Chelsea zum Weltclub. Die Faxe-Dose fest in seiner Hand haltend, liess sich Fredi davon eine Weile ablenken.

In den Neunzigerjahren spielten einige gute Spieler beim Londoner Vorortsclub. Ruud Gullit. Gianfranco Zola. Tore André Flo. Man war ein ganz ordentlicher Club, wurde in der englischen Meisterschaft mal Dritter, dann Elfter und wieder Sechster. Aber nie Erster. Man führte ein titelloses Dasein im Schatten der Grossen. Doch dann, 2003, tauchte dieser Russe auf. Roman Abramowitsch, schwerreicher Öl-Oligarch, der plötzlich dem Zauber des Fussballs erlegen war. Er kaufte den Club und investierte in den folgenden Jahren 950 Millionen Euro in neue Spieler. Didier Drogba, Michael Ballack, Andrei Schewtschenko, Petr Cech, Arjen Robben – alle folgten sie dem Ruf des Geldes.

Es wäre eine schöne Geschichte gewesen, wenn der FC Chelsea dann trotz seiner finanziellen Übermacht keinen Erfolg gehabt hätte. Wenn man hätte sagen können: Mit Geld kann man sich eben doch keine Titel kaufen.

Aber es kam anders. Nachdem er es fünfzig Jahre lang nicht geschafft hatte, wurde der FC Chelsea endlich wieder englischer Meister. Viermal. Und gewann 2012 die Champions League, den höchsten Titel des Clubfussballs. All diese Erfolge wären ohne einen Mann undenkbar gewesen: Roman Abramowitsch. Ohne ihn wäre der FC Chelsea wohl das geblieben, was er in den Neunzigern gewesen war: Ein ganz ordentlicher Club, mal Vierter, mal Neunter, mal Siebter.

Ein Club also, wie es auch der HC Freiburg Gottéron war.

Fredi war wider Willen fasziniert. Was hätte er, wenn er Chelsea-Fan gewesen wäre, wohl von diesem Abramowitsch gehalten? Bestimmt hätte er sich damals grosse Sorgen gemacht, als seine Machtübernahme angekündigt worden war. Hätte dagegen protestiert, die Seele des Clubs zu verkaufen. Hätte den Untergang befürchtet. Doch bestimmt wären bald, spätestens als der Erfolg kam, alle Bedenken vergessen gewesen. Fredi hätte, trunken vor Glück, die Titel gefeiert und dabei keine Sekunde an russisches Geld gedacht. Und wenn, dann wäre es ihm egal gewesen. Hauptsache Meister. Fredi lächelte und verpasste sich ein paar weitere 10%.

Was führte Swetlana Zenowa wohl im Schilde? Allein das zählte. Nichts anderes. Das Problem war, dass man sie heute kaum zu Wort hatte kommen lassen und darum überhaupt nichts über ihren Charakter und ihre Philosophie wusste. Mit Grauen dachte Fredi an die Konferenz des kommenden Tages: Big Bad Boy, der sich wieder als graue Eminenz auf dem internationalen Eishockeyparkett aufspielte, das brauchte Fredi nicht noch einmal. Instinktiv spürte er, dass er jetzt selber gefragt war. Er musste handeln, und zwar ohne diesen wahnsinnigen Marketingstrategen Von Bergen.

Derweil richtete das Faxe unablässig sein Werk an. Es spielte seine Stärken aus, tat das, was es am besten konnte, ja eigentlich das, wofür es erschaffen worden war: Es machte betrunken.

Aber Fredi fühlte sich nicht betrunken. Er fühlte sich vielmehr gut und stark und schlau. Er fühlte sich, so klar wie noch nie an diesem Tag, als Präsident des

HC Freiburg Gottéron, als mächtigster Mann der Stadt also. Und dann waltete er seines Amtes.

Fredi war noch nie einer gewesen, der das tat, was andere von ihm erwarteten. Das war schon in der Schule so – dort allerdings oft unabsichtlich –, das war in der Lehre so, die er nie beendet hatte, und gipfelte darin, dass er in der arbeitsverrückten Schweiz, in der Arbeitsgesellschaft des 21. Jahrhunderts, seit Jahren keiner Arbeit nachging.

Jedenfalls hätte Big Bad Boy bestimmt nicht erwartet, dass Fredi wieder in den Anzug schlüpfte, mit den fünfzig Franken, die er sich beim Haareschneiden gespart hatte, im nahen Tankstellenshop eine Flasche Wodka kaufen ging, den Bus ins Stadtzentrum nahm und dort mit klopfendem Herzen das NH Hotel betrat, um der russischen Zarin Swetlana Zenowa einen kleinen Abendbesuch abzustatten.

Der kurze Marsch hatte das Faxe etwas in die Schranken gewiesen, und als Fredi vor der Zimmertür mit der Nummer 938 stand, kamen ihm erstmals, seit er entschlossen seine Wohnung verlassen hatte, kleine Bedenken. War es wirklich klug von ihm, die Sache so ganz unvorbereitet in die Hand zu nehmen? Konnte er sich mit Swetlana Zenowa auf Augenhöhe austauschen, ohne dass der Schwindel aufflog? In seinem Übermut hatte er ausserdem gar nicht mehr an Igor und Iwan gedacht.

Die Tür öffnete sich langsam. Durch den Spalt spähte ein ebenso kühles wie überraschtes Gesicht mit grossen, immer noch geschminkten Augen. Was Fredi allerdings verwirrte, war die ganze Partie unterhalb des Gesichts. Swetlana Zenowa hatte um ihren Körper lediglich ein weisses Badetuch gewickelt, dem es nur mit Mühe gelang, all jene Körperteile zu verbergen, die für Fredis Augen nicht bestimmt waren.

Dementsprechend schwieg Fredi. Zum Glück war Swetlana Zenowa nicht verlegen, das Wort zu ergreifen. «Ach. Herr Präsident», sagte sie, und der kühle, überraschte Ausdruck wich einem freundlichen, als sie hinzufügte: «Das ist aber ein angenehmer Besuch.»

Fredi zwang sich, Swetlana Zenowa in die Augen, und nur in die Augen zu sehen. «Entschuldigung», sagte er, «ich möchte Sie nicht belästigen.»

Doch Swetlana Zenowa öffnete die Tür ganz und trat zur Seite, als hätte sie seinen Besuch erwartet. «Ich wollte gerade ein Bad nehmen. Kommen Sie.»

Fredi öffnete den Mund und machte ihn wieder zu. Was sie eben gesagt hatte, entsprach nicht jener Logik, die sich über all die Jahre in seinem Kopf herangebildet hatte. Normalerweise nahmen die Frauen gerade ein Bad, um sich des ungelegen auftauchenden Mannes zu entledigen. Nicht so Swetlana Zenowa. Sie nahm gerade ein Bad, um dem überraschenden Männerbesuch Einlass zu gewähren. Sie war wirklich eine aussergewöhnliche Frau.

Sie liess Fredi verblüfft im Hotelflur stehen, ging ein paar Schritte durch die Suite und verschwand durch eine Tür. Das Bad, vermutete Fredi.

Er dachte nach, aber – Faxe, sie nur mit Badetuch, er fiktiver Präsident – das war gar nicht so einfach. Er befand, dass alles andere, als ihrer Aufforderung nachzukommen, nicht in Frage kam. Nackte Frauen hatten ihn noch nie in die Flucht geschlagen.

Und zum ersten Mal in seinem Leben setzte Fredi einen Fuss in eine Hotelsuite. Die Suite war grösser als seine Wohnung, und sauberer natürlich. Es war aber auch kein Bernsteinzimmer. Durchgehend blauer Teppich, ein grosses Bett mit frischer Bettwäsche, ein runder Marmortisch mit farbigen Blumen drauf, an den Wänden eingerahmte Gemälde, die Vorhänge zugezogen.

Nachdem Fredi festgestellt hatte, dass Swetlana Zenowa allein war, folgte er ihr und schritt dem Raum entgegen, aus dem es nach Badeöl roch. Melisse war es vielleicht, oder Limette. Irgendetwas Weibliches jedenfalls, das er mochte.

Das Bad nun, schachbrettartig mit braunen und weissen Marmorsteinen bestückt, war einer Suite wirklich würdig. Fredi fühlte sich wie in einer Therme im alten Rom. Zumal sich in der Ecke eine riesige Badewanne erstreckte, ein Pool eigentlich, und darin sass, mit ganz unschuldigem Blick, eine Frau.

Schon wieder. Wie damals Lea Rothmeier traf er eine Frau in der Badewanne an. Nur zeigte sich diese hier überhaupt nicht schockiert. Sie hielt ein leeres Glas hoch und forderte Fredi auf, ihr einen Schluck aus der Wodkaflasche einzuschenken, an der er sich festgeklammert hielt. Dabei rutschte ihr der Schaum ein Stück weit den üppigen Busen runter.

«Wo sind die beiden Riesen?», fragte Fredi skeptisch. Er wurde das Gefühl nicht los, gerade wie eine dämliche Fliege mitten in eine Falle zu fliegen.

Swetlana Zenowa lachte, aber auf eine ganz entwaffnende, einnehmende Art. «Igor und Iwan? Die brauche ich nicht mehr.»

Fredi trat zögerlich näher, schraubte den Verschluss der Wodkaflasche auf und reichte ihr einen Tropfen. Er war ganz froh, dass der Schaum seinen Blick an der Wasseroberfläche stoppte. Was sich darunter befand, wurde ganz seiner Fantasie überlassen. Die allerdings sprach eine eindeutige Sprache: Die Russin sass da, wie Gott sie irgendwo in der Tundra erschaffen hatte.

Er fragte sich, was wohl Big Bad Boy dazu sagen würde. Natürlich würde er ob Fredis Alleingang ausflippen, das war klar, aber vielleicht würde er auch etwas sagen wie: «Der Russe trinkt nur mit Freunden Wodka.» Jedenfalls begann Fredi ein wenig Vertrauen in Swetlana Zenowa zu entwickeln.

«Schenken Sie sich auch gleich ein», sagte sie bestimmt und deutete auf ein zweites Glas, das auf dem ihr gegenüberliegenden Rand der riesigen Badewanne stand. Fredi tat, zu seiner eigenen Überraschung, wie ihm befohlen. Es war ja auch kein richtiger Befehl, denn Befehle waren in ihrem Wesen schlecht, weswegen sich Fredi in der Regel dagegen sträubte. Aber wenn einem eine nackte Frau befahl, sich Wodka zu reichen, dann war daran überhaupt nichts schlecht.

Allmählich wurde ihm heiss. Das musste am heissen Wasser liegen, von dem heisser Dampf aufstieg, und sicher auch am scheusslichen Anzug, in dem er steckte. Es musste nicht unbedingt an Swetlana Zenowa liegen. Besonders sexy war sie nämlich nicht. Ihr Hals war mit Laubflecken gesprenkelt, und ihr Arm, den sie für das

Halten des Glases aus dem Schaum hob, wirkte recht kräftig. Andererseits war eine nackte Frau immer noch eine nackte Frau.

«Kommen Sie», forderte sie ihn als Nächstes auf, «ziehen Sie sich ruhig aus und setzen Sie sich zu mir.»

Das war irgendwie, wenn man sich den bisherigen Verlauf des bizarren Treffens durch den Kopf gehen liess, zu erwarten gewesen. Und das nun kam einem Befehl schon eher gleich. Eigentlich zierte sich Fredi in solchen Situationen nicht. Er hatte sich in seinem Leben schon ein paar Mal vor einer Frau ausgezogen, auch freiwillig. Aber diese Russin besass ein ganz anderes Einschüchterungsvermögen als seine bisherigen Liebhaberinnen. Sie war ja auch gar nicht eine Liebhaberin. Sie war eine Frau, die einem Mann, den sie nicht kannte, von der Badewanne aus Anweisungen erteilte. War nicht sie das Opfer und er der Verbrecher, war nicht sie das Schaf und er der Wolf? Etwas lief falsch. Auf jeden Fall war Fredi nicht hergekommen, um mit ihr zu baden, sondern um mehr über ihre Absichten punkto Übernahme des HC Freiburg Gottéron zu erfahren.

Aber er wollte auch kein Feigling sein. Vielleicht war das ein russischer Charaktertest. Vielleicht wollte Swetlana Zenowa prüfen, ob Präsident Volet ihr ebenbürtig war, ob er mit ihr das ganze geplante Ding durchziehen würde, ob er diese Prise Tollkühnheit besass, die ein ehrgeiziges Unterfangen erforderte.

Fredi zog seine Socken aus. Legte sie säuberlich auf einen Stuhl. Dann die Krawatte. Die Hose. Das Jackett. Dies alles unter scharfer Beobachtung der Russin. Das

Hemd dann war ein erster echter Prüfstein. Swetlana Zenowa besass einfach eine schier übermächtige Aura, die auch auf einen Fredi Egger hemmend wirkte. Sie war eine aussergewöhnliche Frau.

Die kleine Stripshow, die er, zwar ohne sich dabei speziell aufzuspielen, vor ihr hinlegte, gab ihm etwas Selbstvertrauen – das auf der Stelle wieder zunichte gemacht wurde, als er sich das Hemd abstreifte.

«Mein Gott!», stiess sie belustigt aus. «Ihnen wird aber nie kalt, oder?»

Jetzt sah sie ihn also doch. Seinen in der Tat sehr behaarten Oberkörper.

Für ihre Reaktion entschuldigte sie sich sogleich, allerdings ohne danach mit dem Lachen aufzuhören. Fredi stimmte auch ein wenig ins Lachen mit ein, aber es war kein Lachen, das aus dem Herzen kam, denn dort war er doch ein wenig gekränkt. So geringschätzig hatte sich noch nie eine Frau über sein Äusseres ausgelassen.

Da es ihr also keine Mühe bereitete, sein Brusthaar zu beurteilen, ja gar sich darüber zu belustigen, war es für Fredi undenkbar, sich von seiner Unterhose zu trennen. Lieber ein bisschen feige sein und den Stolz behalten.

Natürlich entging ihr sein Zögern nicht. «Nur keine Scheu, Herr Präsident», machte sie ihm Mut.

«Frau Zenowa … Ich bin der Präsident. Da kann ich mich doch nicht splitternackt in der Weltgeschichte herumzeigen!»

Lächelnd neigte sie den Kopf, und mit ein wenig Milde in der Stimme sagte sie: «Wollen wir Ihre Unterhose als Badehose betrachten?»

Das war eine gute Idee. Also stieg er endlich zu Swetlana Zenowa in die Wanne, seine Schamgegend mit einer knappen grünen Unterhose bedeckt, die er bestimmt seit zwei Jahrzehnten besass. Er tauchte bis zum Hals in das heisse Wasser, schnappte sich das Glas Wodka auf dem Badewannenrand und prostete der Russin zu.

«Nastrovje!», sagte er, wobei ihm das zu rollende R nicht wunschgemäss gelang.

«Auf die russisch-freiburgische Freundschaft!», erwiderte Swetlana Zenowa, sichtlich zufrieden über den Lauf der Dinge.

Bald konnte Fredi den hinderlichen Zustand des Überraschtseins, des Überrumpeltwerdens abstreifen und seine übliche Gelassenheit zurückerlangen. Bald gelang es ihm sogar, nicht mehr ständig daran zu denken, dass er sich mit seiner Gesprächspartnerin – zumindest nach westlichen Massstäben – in einer recht pikanten Lage befand. So kam es endlich zu einem sachlichen Austausch der beiden Giganten, von Angesicht zu Angesicht, hier die sportbegeisterte Investorin, da die erfolgshungrige Clubspitze.

Und die Einblicke in ihre Welt, die sie ihm gewährte, waren für Fredi von überwältigender Schönheit. Offensichtlich besass Swetlana Zenowa nicht nur herausragende professionelle Qualitäten, die jene von Big Bad Boy bei Weitem übertrafen, sondern ganz besonders auch menschliche.

«Die Frage ist doch, was man mit einem Club will», begann sie zuerst noch vielsagend. «Natürlich kann ein

Club auch Geld generieren – doch wozu bräuchte ich noch mehr Geld?»

«Diejenigen, die schon viel haben, wollen meistens noch mehr», sagte Fredi.

«Was absolut blödsinnig ist», wandte sie ein. «Viel Geld plus viel Geld, wie viel ergibt das?»

«Viel Geld?»

«Na sehen Sie. Absolut blödsinnig.» Sie lächelte zufrieden und gönnte sich einen Schluck Wodka. Eine Geste, mit der sie zu demonstrieren schien, dass kein Geld der Welt ihr Leben verbessern konnte.

«Was also wollen Sie, wenn nicht Geld?»

«Wissen Sie», holte sie aus, «ich interessiere mich vor allem für das kleine Volk. Für den einzelnen Menschen. Ein Sportclub ist doch da, um die Herzen der Menschen zu erwärmen. Um ihnen die Sorgen zu nehmen, den Alltag vergessen zu lassen.» Jetzt klang sie ein bisschen so, als würde sie über Entwicklungshilfe sprechen, und fügte beinahe bemitleidend hinzu: «Ich habe gehört, dass Ihr Club seinen Anhängern bis jetzt nicht viel Freude bereiten konnte.»

«Das kann man so nicht sagen.»

«Aber man konnte noch nie einen Titel feiern.»

«Richtig.»

Es bedrückte Fredi, dass man seinen Club in Russland als eher traurige Existenz wahrnahm. Davon konnte natürlich überhaupt nicht die Rede sein. Achtundsiebzig Jahre ohne Titel hiess ja nicht, dass man achtundsiebzig Jahre lang nur bittere Tränen geweint hätte. Die Freude, die einem ein Club bereitete, war ja immer relativ zu den Erwartungen und zu den bisher erzielten Erfolgen – oder so ähnlich hatte es ihm einmal ein Priester dargestellt, der sich für intellektuell hielt. Aber es stimmte wohl. So war der 31. Meistertitel des HC Davos im vergangenen März für seine Anhänger gewiss nicht von jener emotionalen Dichte wie für die Gottéron-Fans 2008 der völlig unerwartete Viertelfinal-Triumph gegen Erzfeind Bern. Für die ZSC Lions war die Niederlage im letztjährigen Playoff-Final ernüchternd, derweil Ambri-Piotta den Klassenerhalt als Erfolg feierte. Das Problem beim HC Freiburg Gottéron war allerdings schon, dass man in der Regel mehr erwartete als man erreichte. Das führte natürlich dauernd zu Enttäuschungen. Aber irgendwie hoffte man stets auf einen Hockeygott, der endlich Gnade walten liess. Der, nachdem er grosszügig 31 Titel an Davos, 13 an Bern oder 8 an Zürich verteilt hatte, auch einmal an Freiburg dachte – sogar Gurkenclubs wie der EHC Biel oder der SC Langnau waren ja schon Meister geworden!

«Frau Zenowa», sagte Fredi eindringlich, ein leichtes Beben mischte sich in seine Stimme. «Machen Sie uns zum Meister!»

«Ach, Herr Volet …», winkte sie bescheiden ab, «das liegt nicht in meiner Macht. Sogar mit Bykow und Chomutow hat es nicht gereicht.»

«Es hat so wenig gefehlt!»

«Aber es hat etwas gefehlt. Wie immer. Soll ich noch etwas warmes Wasser nachlaufen lassen?»

Fredi, auf dessen Stirn ein Gemisch aus Schweiss und Wasserdampf glänzte, verneinte.

«Ich kann Ihnen sagen, warum Sie auch dieses Jahr nicht Meister werden», sagte Swetlana Zenowa, nahm genüsslich einen weiteren Schluck und tauchte dabei tiefer ins Wasser.

«Das würde mich interessieren», sagte Fredi, nahm ebenfalls einen Schluck und blickte anschliessend durch das Glas in seiner Hand wie durch die gläserne Kugel einer Wahrsagerin.

«Zuerst einmal: Wegen diesem Volltrottel Von Bergen. Tun Sie mir den Gefallen und feuern Sie ihn. Sofort.»

Zuerst schmunzelte Fredi heimlich über die Bezeichnung, die sie für Big Bad Boy verwendete, bis ihm bewusst wurde, dass diese Ansicht wohl Konsequenzen für den Fortgang des Projekts hatte.

«Aber ... Herr Von Bergen konzipiert unsere ganze Strategie ...»

«Dann ohne mich.»

«Natürlich hat er manchmal etwas eigenwillige Ideen», verteidigte Fredi ihn halbherzig. Er konnte sich im Moment noch nicht gut vorstellen, wie er Big Bad Boy einfach so abschiessen sollte. Die Worte von Swetlana Zenowa waren jedoch von einer Härte, die sich kaum mildern lassen würde. «Und welche Verbesserungen schlagen Sie sonst noch vor?», fragte er, um seinen Kumpel vorerst aus der Schusslinie zu nehmen.

«Wenn ich das richtig gesehen habe, dann haben Sie keinen einzigen Russen in der Mannschaft. Keinen!» Swetlana Zenowa zügelte ihre kurz aufgelodert Missbilligung, machte ein ganz mütterliches Gesicht und sagte leise: «Denken Sie wirklich, dass Sie so Erfolg haben können?»

«Andrei Bykow hat russische Eltern», warf Fredi ein. «Sein Vater, Slawa, ist ja –»

«Ach. Andrei Bykow … Er ist vielleicht ein talentierter Junge. Aber kein Meistermacher. Ich spreche von richtigen russischen Superstars.»

«Sie meinen, Owetschkin, Kowaltschuk, Malkin und Konsorten?»

«Zum Beispiel. Stellen Sie sich die Edmonton Oilers ohne einen Wayne Gretzky vor, oder meinetwegen auch Portugal ohne Cristiano Ronaldo. Genau so eine Mannschaft hat der HC Freiburg Gottéron. Es fehlt einfach eine grosse Nummer.»

«Wir haben Julien Sprunger.»

«Werden Sie nicht albern.»

Die Erkenntnis, dass sich mit der Verpflichtung einiger der besten Eishockeyspieler der Welt die spielerische Qualität anheben liesse, war nun noch kein Kunststück.

«Aber für Owetschkin, Kowaltschuk und Malkin haben wir doch kein Geld!», warf Fredi ein.

«Ich schon.»

«Und warum sollten diese Spieler ausgerechnet in die Schweiz nach Freiburg wechseln?»

«Weil ich es will.»

Fredi wurde schwindlig.

«Owetschkin, Kowaltschuk, Malkin – die waren alle schon bei mir auf der Yacht. Ich bräuchte nur mit den Fingern zu schnippen, und alle würden sie bei mir Reihe stehen. Aber noch sind wir nicht so weit. Reden wir ein bisschen über Sie, Herr Präsident.»

Fredi fühlte das Adrenalin durch seinen Bauch schiessen. Was wollte sie jetzt hören? Er hatte das

Gefühl, dass er eher die Bescheidenheitskarte spielen sollte. Sich ganz von seiner volksnahen Seite zeigen, das war es vielleicht, was es jetzt brauchte.

«Ehrlich gesagt und ganz offen gestanden …», verhaspelte er sich, während er nach Worten mit mehr Aussagekraft suchte – und seiner Meinung nach auch bald fand: «… ist es so, dass mir der Glamour nicht besonders liegt. Schauen Sie: Während der Verwaltungsrat am Greyerzersee Golf spielt, spiele ich lieber mit den kleinen Leuten Pétanque an der Saane. Wenn ich die Wahl zwischen einem teuren Glas Champagner und einem edlen Tropfen Bordeaux habe, dann … dann nehme ich ein Bier.»

Swetlana Zenowa lachte. «Sie sind ein bewundernswerter Mann, Herr Volet», adelte sie ihn. «Und Sie haben Humor, das mag ich an Ihnen.»

Die Komplimente stachelten Fredi zu weiteren Hochstapeleien an: «Ich bin eben ein ehrlicher Arbeiter. Ich komme von ganz unten, habe mich hochgerackert, aber ich kann meine Wurzeln nicht vergessen.»

«Ausserdem ein Kämpfer, das gefällt mir.»

Fredi fühlte sich jetzt richtig gut. Er wäre ein guter, ein grosser, ein leidenschaftlicher Präsident gewesen, dachte er. Einer, der anpackte, ein ganz praktisch denkender Typ, der sich von einem Hochschulabschluss nicht die Sinne vernebeln liess, ein bodenständiger, grundehrlicher Macher, der sich auch nicht dafür zu schade war, mit einer fremden Frau in die Badewanne zu steigen, wenn es der Sache diente.

«Wir sind uns gar nicht so unähnlich», stoppte Swetlana Zenowa Fredis Selbstverherrlichung im Geiste. «Auch ich musste mir alles erarbeiten. Ich hatte keine guten Voraussetzungen für ein erfolgreiches Leben. Damals, als ich geboren wurde, wüteten rundherum Faschisten und sowjetische Partisanen.»

Fredi begrüsste es, dass sie den Fokus weg von seiner und zurück auf ihre Person richtete. Doch dann dachte er darüber nach, was sie eben gesagt hatte: «Moment mal. Sie sind während des Zweiten Weltkriegs geboren?»

«Richtig.»

«Wann hat der schon stattgefunden?»

«Falls Sie darauf hinauswollen, und das tun Sie sicherlich: Ich bin einundsiebzig.»

Fredi schluckte.

Er nahm mit einer 71-jährigen Dame ein Bad.

Das musste er sich zuerst einmal zurechtbiegen. Er tat es etwa so: Das Wissen um ihr Alter machte sie eigentlich gleich ein bisschen attraktiver. Bis jetzt hatte sich Fredi nackte Frauen über siebzig als eher abstossend vorgestellt, oder eigentlich hatte er sich nackte Frauen über siebzig noch gar nie vorgestellt. Aber wenn er es getan hätte, dann wären ihm bestimmt ziemlich unerfreuliche Konzepte durch den Kopf gegangen. Auf keinen Fall hätte er an Frauen vom Schlage einer Swetlana Zenowa gedacht. So gesehen war ihr Alter sogar ein Punkt für sie.

Fredis Eintritt in die Badewanne eine Viertelstunde zuvor hatte zwar den Wasserpegel etwas ansteigen lassen. Allmählich aber lösten sich die Schaumhaufen, die sich zunächst noch schützend über den Körper der Russin erhoben hatten, in Nichts auf, sodass sich Fredi nach und nach ein über sieben Dekaden altes Paar Hängebrüste offenbarte.

«Warum sprechen Sie eigentlich so gut Deutsch?», fragte Fredi in die Stille hinein, die nach ihrem Geständnis eingetreten war. Ein kleiner Dämpfer waren die 71 halt irgendwie doch, trotz aller Bemühungen um eine pragmatische Darstellung der Dinge und der Tatsache, dass das Alter einer Frau, für deren Geld man sich interessierte, keine tragende Rolle spielte.

Mit der Leichtigkeit eines Pin-Up-Girls zuckte Swetlana Zenowa mit den Schultern und sagte: «Putin spricht auch gut Deutsch. Der Russe ist gebildet.»

Im romantischen Schein des Nachttischlämpchens lag Fredi nach dem gemeinsamen Bad bäuchlings auf dem Bett der Hotelsuite und liess sich von Swetlana Zenowa die Vorzüge einer gekonnten Rückenmassage aufzeigen.

Ein weiteres Glas Wodka hatte ihr fortgeschrittenes Alter zur Randnotiz werden lassen, und die spektakuläre Aussicht vom vielleicht übersichtlichsten Punkt der ganzen Stadt aus entsprach ganz seinem inneren Hochgefühl.

Und Fredi träumte. Wie Alexander Owetschkin auf Pass von Marc Abplanalp ins hohe Eck trifft. Wie Jewgeni Malkin Sebastian Schilt lanciert und dieser den Torhüter eiskalt verlädt, mit einem Trick, der ihm Ilja Kowaltschuk im Training beigebracht hatte. Wie gegen Freiburgs Russen kein Kraut gewachsen war, so wie damals, in den goldenen Jahren Anfang der Neunziger, nur dieses Mal mit der Krönung, mit dem verdammten Titel, auf dem bisher ein ganz böser Fluch gelegen haben musste.

Doch wie er Swetlana Zenowa beibringen wollte, dass er gar nicht der Clubpräsident war, sondern ein auf Staatskosten lebender Asozialer, ein Penner beinahe, der kein halbes Dutzend verschiedene Unterhosen besass, dafür aber seit vielen Jahren eine Saisonkarte, in schlechten wie in weniger schlechten Zeiten, eigentlich eine Art treue Seele des Clubs, und damit, wenn auch wenig Einfluss auf die operativen Geschicke ausübend, doch irgendwie zur grossen Clubfamilie gehörte – darüber mochte er sich nicht den Kopf zerbrechen. Nicht jetzt, nicht in dem Moment, in dem sein Rücken den mirakulösen Händen dieser faszinierenden Frau überlassen war, die, wie kein Spieler oder Trainer der jüngeren Clubgeschichte, die Hoffnung auf den langersehnten totalen Triumph geweckt hatte.

4

In Indien streikten Millionen Leute gegen die Wirtschaftsreformen. Tausende Flüchtlinge lagerten vor dem Budapester Ostbahnhof und warteten auf die Ausreise. Die Polytype kündigte erneut eine Massenentlassung von bis zu 85 Personen an. Und der HC Freiburg Gottéron wurde in einer Saisonprognose auf den zwölften und letzten Platz gesetzt. Die Zeitungen waren zu Collagen des Irrsinns geworden, das lag manchmal an verrückten Journalisten, oft aber an der verrückten Welt.

Als man sich wieder im Konferenzraum versammelt hatte – das Präsidium wie am Vortag vorne auf der Bühne sitzend, die Oligarchin in der ersten Reihe –, befürchtete Fredi, dass der Tag auch für ihn einige unangenehme Überraschungen bereithielt. Es war doch alles eine Farce. Man hatte etwas ins Rollen gebracht, ohne es zu Ende zu denken und sich der möglichen Konsequenzen bewusst zu sein. Eine schwerreiche Russin um ein wenig Geld erleichtern, das war ja an und für sich eine lobenswerte Idee, aber inzwischen lagen die Dinge völlig anders. Swetlana Zenowa hatte sich nicht als die erwartete gnadenlose Kapitalistin erwiesen, sondern als Grande Dame mit Herz für einen titellosen Sportclub. Es war ungemein verwerflich gewesen, ihre Ritterlichkeit mit dieser kleinen Gaunerei zu kombinieren. Big

Bad Boy konnte dies alles egal sein. Ob man hier gerade die ruhmreiche Zukunft des HC Freiburg Gottéron in den Sand setzte oder nicht, oder ob man den Club gar auf irgendeine Weise, die zwei ökonomischen Dilettanten nicht bekannt war, in den baldigen Ruin trieb – das alles kümmerte Big Bad Boy nicht. Für die hunderttausend Franken nahm er auch Gottérons tiefen Fall in Kauf. Auf Drängen von Swetlana Zenowa allerdings sollte er noch heute aus dem Deal ausgeschlossen werden. Kurz und gut, ein Debakel lag in der Luft, man konnte es förmlich greifen.

Fredi war nüchtern. Wieder einmal. Und zur Nüchternheit gesellte sich heute Ernüchterung. Es suchte ihn die traurige Vermutung heim, dass ihm sein unverkrampftes Verhältnis zum Alkohol nicht immer zum Vorteil gereichte. Zu oft wohl war er nicht im Vollbesitz seiner geistigen Kräfte, zu oft beraubte er sich seiner Intelligenz. Die hätte er in den letzten Tagen dringend gebraucht. Dann hätte er sich vielleicht nicht auf dieses sinnlose, von Big Bad Boy in einer schwachen Sekunde entworfene Unterfangen eingelassen, und vor allem wäre er dann auch nicht zu einer 71-jährigen Frau in die Badewanne gestiegen. Was geschehen war, nagte an Fredis Stolz. Ein intimes Bad mit einer fast drei Jahrzehnte älteren Frau, das liess sich an keinem Stammtisch der Welt verwerten. Man konnte sogar einen Schritt weitergehen und das gemeinsame Bad zum Sinnbild für sein verkommenes Dasein erheben. Man konnte daran wunderbar festmachen, dass irgendetwas schieflief.

Diese schwierige Phase voller Zweifel oder gar Selbstzweifel schien Big Bad Boy nicht zu durchleben. Er strahlte Sicherheit und Zuversicht aus, und in Unkenntnis davon, dass seine Abservierung aus dem Verwaltungsrat eigentlich beschlossene Sache war, begann er mit der Begrüssung und ebnete der Katastrophe damit den Weg.

«Sehr geehrte Frau Zenowa, geschätzter Herr Kollege Volet», begann er mit elaborierter Aussprache, «ich heisse Sie zum zweiten Verhandlungstag willkommen, an dem wir unserem Ziel, einer erfolgreichen Zusammenarbeit, hoffentlich einen grossen Schritt näherkommen werden.»

Eins musste man ihm lassen: Er war vorbereitet. Nie im Leben hätte er spontan so schöne Sätze formulieren können. Was hier aus seinem Mund kam, musste das Produkt intensiver Bemühungen sein.

Sie beide, Fredi und Big Bad Boy, trugen wieder ihre dämlichen Kostüme, Swetlana Zenowa war in elegantem Schwarzweiss erschienen, doch nichts deutete darauf hin, dass sie sich absichtlich für die Farben des Freiburger Kantonswappens entschieden hatte. Die Herzlichkeit vom Vorabend war aus ihrem Gesicht verschwunden, kein Lächeln, kein vertrauensvoller Blick, auch nicht, wenn Big Bad Boy kurz wegsah und eine Sekunde der Zweisamkeit zwischen ihr und Fredi entstand. Sie tat so, als hätte es das Treffen in der Hotelsuite nicht gegeben – worüber sich Fredi im Grunde nicht beschweren wollte.

Big Bad Boy trieb sein Werk unablässig voran: «Vorab möchte ich Sie informieren, dass wir Sie heute Mittag zum Essen einladen. Das Taxi wird uns in die Unterstadt fahren und dann ein Stück weit ins Galterntal bis zu den Fischteichen, diesem Kraftort, an dem die Geschichte unseres Vereins begann, wie uns Herr Volet ja gestern dargestellt hat. Das Restaurant Trois Canards, ganz in der Nähe der Fischteiche gelegen, wird uns ein Fischmenü servieren, das nicht nur von höchstem Genuss sein wird, sondern eben auch eine kulinarisch-geschichtliche Reise zurück zu den Anfängen von Gottéron.»

Swetlana Zenowa nickte ihm zu, recht unbeeindruckt zwar, aber immerhin hatte sie nichts gegen die Einladung einzuwenden.

«Zunächst aber, und dafür werden Sie gewiss Verständnis haben, möchte ich auf den finanziellen Aspekt unseres bevorstehenden Geschäfts eingehen.»

Jetzt kam er also. Jetzt kam der grosse Moment, in dem Helden oder Versager geboren wurden. Der Moment, der über Sieg oder Niederlage entschied und um den es in dem ganzen Schauspiel allein ging – was bisher geschah, spielte nicht die geringste Rolle, der ganze Plan stand und fiel mit dem Verlauf der bevorstehenden Sekunden, und Fredi schien es, dass sein ohne jegliche Beruhigungssubstanzen angereichertes Blut unversehens rascher durch den Körper schoss.

«Ich muss Ihnen leider gestehen, dass nicht alle unsere Verwaltungsratsmitglieder und Aktionäre dem Fremden gegenüber so offen sind wie Herr Präsident Volet und ich. Verschiedenenorts zweifelte man gar an der Ernsthaftigkeit Ihrer Absichten, als Mäzenin in unserem Club zu wirken.»

Die Strategie verblüffte Fredi. Das war schon ziemlich mutig, fand er, dieses Eingeständnis, dass man die grosse Russin nicht überall mit offenen Armen empfing.

Aber vielleicht sogar ganz clever. Das verlieh dem Ganzen zusätzliche Authentizität.

«Herr Präsident Volet und ich wären Ihnen also sehr verbunden, Frau Zenowa, wenn Sie uns bis morgen ein branchenübliches Handgeld überreichen würden. Einen symbolischen Betrag von hunderttausend Franken, mit dem Sie gegenüber den Skeptikern Ihren Willen unterstreichen, hier Grosses aufzubauen. Ein mündlicher Vertrag, als Zeichen unseres gegenseitigen Vertrauens und Respekts.»

Das nun war Big Bad Boy in Hochform, auf der Höhe seiner diplomatischen Kunst. Allmählich begann Fredi so etwas wie Bewunderung – das war vielleicht zu stark, aber doch eine gewisse Anerkennung für Big Bad Boys Arbeit zu entwickeln. Dieser kaputte Typ, der in seinem Leben bisher nur Scheisse gebaut hatte, leitete hier magistral und voller Selbstbewusstsein eine Konferenz, jonglierte sprachgewandt mit Fachbegriffen wie «branchenüblich», «Handgeld» oder «Vertrag», redete über sechsstellige Geldsummen wie andere über das Wetter. Das musste man ihm erst einmal nachmachen.

Doch dann, mit nur sieben Wörtern, die wie ein Orkan tief aus dem Brustkorb der Russin hervor durch den ganzen Konferenzsaal fegten, zerstörte sie sämtliche Pläne, Wünsche, Träume, die in den letzten Tagen behutsam aufgebaut worden waren, und hinterliess nichts als Verwüstung in Big Bad Boys Seele:

«Jetzt sei aber mal still, du Clown!»

Der Raum, der immer noch spärlich mit einigen russischen Utensilien geschmückt war, gab ihren Ausbruch zwei Mal als Echo wieder, dann wurde es ruhig.

Das Elend nach dem Erdbeben.
Die Leere nach der Trennung.
Die Überraschung nach der Pointe.
Der Schock nach dem Gegentreffer.
Der Kater nach dem Rausch.

Big Bad Boy, wie ein Künstler an seinem Werk hängend, gab nicht auf und fragte verunsichert: «Frau Zenowa ... Kann ich Ihnen helfen?»

Er fragte sie, ob er ihr helfen könne. Das war ein bemerkenswerter Versuch, die Sache noch umzubiegen. So zu tun, als wäre ihr gerade schwarz vor Augen geworden, als hätte sie kurz die Kontrolle über ihre Zunge verloren. Er eröffnete ihr damit ein letztes Hintertürchen, die hässlichen Worte zurückzunehmen.

Big Bad Boy musste einem nun aufrichtig leidtun. Nachdem Fredi sich gestern noch leichtsinnig auf die Seite der Russin geschlagen hatte, fand er ihren plötzlichen Konter nun doch sehr unmenschlich, er fühlte sich seinem Partner auf einmal wieder näher als ihr.

Leider war Swetlana Zenowa bei vollem Bewusstsein und Verstand und zerschmetterte auch Big Bad Boys letzte Hoffnung, etwas weniger laut als eben, aber nicht minder scharf: «Habt ihr Volltrottel wirklich einen Augenblick daran gedacht, ich würde mich für euren Amateurverein interessieren?»

Das nun fand Fredi merkwürdig. Gestern hatte sie noch von nur einem Volltrottel gesprochen, plötzlich benutzte sie die Mehrzahl. Er blickte, nun ebenfalls ratsuchend, zur Seite. Big Bad Boy war nach seinem letzten hilflosen Aufbäumen völlig hinüber. Von ihm konnte man nichts mehr erwarten.

«Frau Zenowa …», sagte Fredi, ohne den Ausgang des Satzes schon zu kennen.

«Sei still, Dicker!», zischte sie.

Jetzt wurde es richtig unschön. Ein wundersames Eishockeymärchen ging hier auf brutale Weise zu Ende, ja es war eben immer nur ein Märchen gewesen, aber ein ganz tragisches, das man keinem Kind erzählen konnte, und mal abgesehen davon, dass Owetschkin, Kowaltschuk und Malkin höchstwahrscheinlich nie das Gottéron-Trikot tragen würden, um den Titel nach Freiburg zu holen, schmerzte Fredi die Verwandlung dieser Frau von der galanten Zarin zur stählernen Diktatorin.

«Ihr Anfänger!», fuhr sie giftig fort, «Euer mieses Spiel, das ihr mit mir treiben wolltet, habe ich von Beginn weg durchschaut.»

Fredi fand, dass dies nun doch pure Arroganz war. Er lockerte – das konnte er sich jetzt erlauben –, seine Krawatte und entgegnete, jetzt gar nicht mehr im Habitus eines Präsidenten: «Das sagst du jetzt so. In Wahrheit waren wir nahe dran, dich zu überlisten.» Auf die ganze heuchlerische Siezerei konnte man jetzt ebenfalls verzichten.

Es war seltsam. Ständig hatte Fredi Big Bad Boy kritisiert, aber jetzt, wo der ganze Betrug aufzufliegen drohte oder schon längst aufgeflogen war, begann er das Projekt zu verteidigen. Nicht unbedingt aus Loyalität gegenüber seinem Partner, sondern weil er sich dieser plötzlich so grosstuerischen 71-jährigen Oligarchin nicht beugen wollte.

Swetlana Zenowa lachte ein hässliches Lachen. «Mein Lieber», sagte sie wie zu einem dummen Kind, «irgendwie finde ich dich ganz reizend. Aber du und Präsident irgendeines Vereins? Nein ...» Sie lachte weiter.

Das war doch eine unverschämte Verdrehung, das war Geschichtsfälschung. «Warum also bist du überhaupt nach Freiburg gekommen? Warum diese ganze Show?» Auch Fredis Ton wurde aggressiver.

«Zwei Idioten, die sich im Freiburger Eishockeymilieu ein bisschen auskennen. Und bereit sind, für Geld einiges zu tun. Ihr wart genau das, wonach ich gesucht habe.»

«Gesucht wofür?»

«Ihr wolltet mir also hunderttausend Franken abnehmen, richtig? Du da, sagst du auch wieder mal was?»

Das galt Big Bad Boy. Er glich inzwischen einem Toten. Aber er konnte noch nicken.

«Ihr sollt das Geld bekommen», sagte sie, und schon erhielt sie einen Hauch Eleganz zurück, einen Anflug jener Grandezza, mit der sie die Menschen für sich einnahm.

«Klingt gut», sagte Fredi und auch in die Augen von Big Bad Boy kehrte wieder etwas Leben ein.

«Ich suche einen Mann», sagte sie ruhig. Wie erwartet war ihre Grossherzigkeit dann doch an eine Bedingung geknüpft. «Er sitzt jeweils im Stadion der Freiburger Heimspiele. Auf dem Sitzplatz mit der Nummer 88.»

Das klang nicht nach einer Hexerei. Doch etwas würde sie bestimmt von dem Mann wollen. «Und was willst du von ihm?», fragte Fredi, der nun zum unangefochtenen Sprachrohr des Duos geworden war.

«Seinen Kopf», antwortete sie trocken.

«Wie, seinen Kopf? ... Nur seinen Kopf?»

«Genau. Den Rest brauche ich nicht.»

Fredi seufzte. So war das also. Er hätte nicht behaupten können, er sei über den Verlauf der Dinge nicht überrascht. Die feine Dame wollte, dass sich zwei arme Schlucker die Hände für sie blutig machten. Nichts weniger als einen Mord forderte sie. Fredi hatte sich doch ein geringeres Opfer erhofft. Und Big Bad Boy hatte, obgleich ihm insgesamt einige Fehleinschätzungen unterlaufen waren, in einem Punkt hundert Mal recht gehabt: Der Russe war skrupellos.

«Wo sind Igor und Iwan?», fragte Fredi vorsichtshalber.

«Hab ich nach Hause geschickt. Mit euch beiden werd ich schon allein fertig.»

«Und warum willst du den Mann tot haben?»

Swetlana Zenowa lehnte sich in ihren Sessel zurück wie eine Frau, die in ihrem Leben schon alles erlebt hatte, Höhen und vor allem Tiefen, Schicksalsschläge, Enttäuschungen – die allerdings wusste, wie man sich dabei verhielt.

«Ich gebe euch hunderttausend Franken und kaufe mir dafür Gerechtigkeit», sagte sie mit dem Pathos einer Theaterfigur.

«Aber Gerechtigkeit kann man doch nicht kaufen», gab Fredi zu bedenken.

«In einer Zeit, in der man Sportclubs kaufen kann, ist Gerechtigkeit dagegen ein Schnäppchen.»

Big Bad Boy war ein gebrochener Mann. Nicht einmal, weil sein Plan nicht eins zu eins aufgegangen war, sondern weil eine alte Frau ihn als Volltrottel, Idiot und Anfänger bezeichnet hatte. Es waren nur Worte, aber für einen Mann mit einem grossen Ehrgefühl waren Worte alles.

Fredi war diesbezüglich in seinem Inneren weniger heftig erschüttert als sein sensibler Kompagnon. Es waren eben wirklich nur Worte einer alten Frau. Gut, Amateurverein, das hätte sie sich sparen können. Aber insgesamt verspürte er, obwohl eine gewisse Enttäuschung schon da war, auch Erleichterung. Diese Doppelmoral – Verbrecher und zugleich Clubpräsident –, mit der er in den letzten Tagen hatte agieren müssen, war ihm stets zuwider gewesen. Und der HC Freiburg Gottéron blieb mit Sicherheit ein sympathischer, ehrlicher, einheimischer Club, der nicht, wie die ehemals zweite grosse Institution der Stadt, die Bierbrauerei Cardinal, seine Seele und letztlich sich selbst verkaufte.

Fredi würde ohne Gram aus der Sache herausgehen, da machte er sich keine Sorgen. Das zeichnete ihn als Mensch eben aus. Er verstand es zu leben, und alles, was ihn daran hinderte, zu vergessen. Mach es wie die Sonnenuhr, zähl die heitren Stunden nur, hatte einmal ein grosser Philosoph gesagt.

Nachdem Big Bad Boy von dannen geschlichen war – suizidgefährdet, hätte man befürchten müssen, wenn er dafür nicht zu ängstlich gewesen wäre –, brach auch Fredi auf, um seiner Nüchternheit den Garaus zu machen. Gerne hätte er dies, gemeinsam mit ein paar anderen Taugenichtsen, in irgendeinem versifften Lokal getan. Aber das ging nicht, er trug ja immer noch Anzug und Krawatte, und so konnte er sich dort, wo man ihn kannte, nicht blicken lassen. Ein bisschen Stolz hatte er noch bewahrt. So ging er halt ins La Cène, dorthin, wo der andere Abschaum der Gesellschaft verkehrte, nur eben auf der anderen Seite der Skala: Manager, Politiker, die ganze Bourgeoisie. Und Präsidenten.

Obwohl er zunächst skeptisch war, erhielt er ein Bier, nachdem er ein Bier bestellt hatte. Ein richtig gutes sogar. Und während dieses Bieres wurde er Zeuge eines Gesprächs, das an seinem Nebentisch stattfand:

«Hör zu. Äussere dich nicht über die Flüchtlingsfrage. Äussere dich nicht über das Islamzentrum. Und sag auch ja nichts über die Energiepolitik und deine Positionierung zur EU. Denn egal welche Meinung du hast, das kostet dich die Hälfte aller Stimmen!»

«Aber was soll ich denn überhaupt tun?»

«Wie ich dir sagte. Geh so oft wie möglich an Eishockeyspiele! Misch dich unter die Fans! Und betone bei jeder Gelegenheit, wie sehr du dir endlich den Titel wünschst! Dann hast du sie alle im Sack. Links und rechts. Alt und Jung. Deutsch und Welsch.»

«Aber ich hasse Eishockey!»

«Bist du von Sinnen? Sag das nie wieder! Wenn das publik wird, kannst du alles hinschmeissen.»

«Aber Gottéron … Verpasse ich mir damit nicht ein Loser-Image?»

«In Freiburg nicht. Hier ist Gottéron so mächtig, davon können alle Parteien nur träumen, verstehst du? Der Meistertitel ist hier ein kollektiver Traum, damit sprichst du Urwünsche an, die tief in aller unserer Existenz wurzeln.»

«Okay.»

«Aber du hast nicht ganz unrecht. Wenn du dann erst einmal auf der nationalen Bühne bist, solltest du vielleicht nicht mehr auf die Karte Gottéron setzen.»

«Worauf dann?»

«Irgendwas am Puls der Zeit. Uns wird schon was einfallen.»

Ein wenig später an jenem Tag, der so unglücklich begonnen hatte, ging Fredi beschwingt durch die Reichengasse und steuerte auf den Tätowiersalon zu. Dieses Mal versteckte er sich nicht hinter einem Pizzalieferwagen. Es wäre auch keiner dagewesen. Dieses Mal trat er ein.

«Guten Tag», grüsste er höflich.

«Guten Tag», grüsste ihn die Frau zurück, hatte dafür aber etwas Bedenkzeit gebraucht.

Er setzte sich unaufgefordert auf das schwarze Ledersofa im Eingangsbereich. Auf einem kleinen Metalltisch davor lagen diverse Tätowiermagazine. Die Wände waren voll mit Fotos von künstlerisch verarbeiteten Körperteilen. Aus den Boxen schwebte die göttliche Stimme von Dio.

«Ich bin gekommen», sagte Fredi, «um mich tätowieren zu lassen.»

Als klanggewordene Aussage waren die Worte bei weitem weniger originell als noch als vage Idee im Kopf: Er war also in einen Tätowiersalon gekommen, und zwar aus dem besonderen Wunsch heraus, sich tätowieren zu lassen.

Zum Glück nahm sie ihm diese Einfallslosigkeit nicht krumm, jedenfalls nicht offiziell. Sie sagte einfach: «Gut. Haben Sie denn schon eine vage Idee im Kopf?»

Er durfte, nach dieser unerwarteten Gegenoffensive, jetzt keinen Rückzieher machen. Das wäre erbärmlich gewesen und alles andere als Werbung in eigener Sache. «Natürlich», sagte er und sah sie so cool an, wie wenn er ihr gleich zuzwinkern würde, das Zuzwinkern selber aber liess er sein.

Sie setzte sich ihm gegenüber in sicherem Abstand auf einen Stuhl und wartete.

«Ja also», sagte er und blickte drein wie ein alter volltätowierter Haudegen. «Ich hätte gern auf dem rechten Oberarm ein Portrait von Julien Sprunger, und zwar mit einem Lorbeerkranz ... nein, mit einer Krone auf dem Kopf. Darunter eine lateinische Inschrift, das muss auch gar nichts bedeuten, Hauptsache lateinisch und so richtig majestätisch. Auf dem linken Oberarm stelle ich mir einen enthaupteten Bären vor ... wobei der Bär schon als Symbol für den SC Bern erkennbar sein sollte. Nicht dass man mich für einen Bärenhasser hält. Sondern eben für einen SCB-Antipathisanten. Auf mein Schulterblatt kommt eine grosse Dose Kaiser-Bier, auf die rechte Wade eine Matrjoschka-Puppe, auf die linke die Fassade des NH Hotels. Und hier, genau auf meinem Herzen ...»

Fredi fasste sich mit der Hand an die Brust, sah der Frau, die ihm gegenüber sass, tief in ihre glasklarhellblauen Augen, dann über ihre schulterlangen schwarzen Haare, ihr schönes, zartes Gesicht bis hin zu ihrem reizenden Hals, auf dem sich eine Tätowierung andeutete, die unter ihrem Oberteil verschwand.

«Genau auf meinem Herzen wünsche ich mir eine Frau mit glasklar-hellblauen Augen, schulterlangen schwarzen Haaren, einem schönen, zarten Gesicht und einem reizenden Hals, auf dem sich eine Tätowierung andeutet, die unter ihrem Oberteil verschwindet.»

Fredi war richtiggehend perplex. War je ein schöneres Liebesbekenntnis gemacht worden? So unaufdringlich und doch so kraftvoll. So frei von allem Kitsch und millionenfach kopierten Worten. Es war so nicht vorgesehen gewesen, aber er hatte sich plötzlich ganz von seinen Gefühlen leiten lassen. Von seinem Herz halt.

Inga jedoch blieb weiterhin locker. Sie stand auf, bat ihn, kurz zu warten, kam mit einer Tätowiermaschine in der Hand zurück und forderte ihn auf, sich freizumachen. «Nur oben», sagte sie, «wir beginnen mit der Tätowierung auf dem Herzen.»

Und Fredi machte sich oben frei, und er wünschte sich jetzt endlich irgendeine Regung von Inga, irgendetwas, das zeigte, dass er für sie nicht ein normaler, alltäglicher Kunde war, sondern Fredi, der sie begehrte, und mit dem sie einmal einen schönen Abend verbracht hatte. Diese Regung konnte seinetwegen auch darin bestehen, dass sie sich über seine Matte auf der Brust lustig machte, dass sie sich über seinen Bieratem beschwerte, ja gar in der Äusserung, dass sie ihn allgemein nicht besonders sexy fand.

Aber nichts dergleichen. Sie stellte ihren Stuhl näher an das Sofa heran, auf dem er mit entblösstem Oberkörper sass, setzte sich zu ihm, so nahe, dass er sie riechen konnte, eine himmlische Mixtur aus Düften, die er nicht kannte, die vielleicht so exotische Namen trugen wie Moschus oder Patschuli oder Amber ...

Doch dann erklang dieser furchterregende Ton. Ähnlich wie derjenige eines Rasierapparats. Aber bei dem wusste man, dass er nicht für Blutwunden und Entzündungen und Vereiterungen sorgte.

«Das Haar auf der Brust», sagte Fredi, nun ernsthaft verängstigt, «stört das nicht?»

«Keine Sorge, das verbrennen wir gleich mit.» Ingas Hand mit der Tätowiermaschine kam bedrohlich näher.

«Ist das eine gute Idee?» Es ging Fredi jetzt vor allem darum, Zeit zu gewinnen. Dieses aberwitzige Unterfangen, sich von Inga spontan tätowieren zu lassen, hinauszuzögern. Damit sie vielleicht selber zur Besinnung kam und den Wahnsinn abbrach.

«Ach, Fredi», sagte sie und sah ihn aus so kurzer Distanz an, dass ihm schwindlig wurde. «Was ist für dich schon eine gute Idee? War es eine gute Idee, in meine Wohnung einzubrechen? War es eine gute Idee, dich hinter dem Pizzalieferwagen zu verstecken, um mich zu beobachten?»

Überglücklich schloss er die Augen. Sie hatte ihn beim Namen genannt. Sie tat nicht mehr so, als ob es ihn nicht gäbe. Und ihre Lippen, ansatzweise zu einem Lächeln geformt, hatten ihm versichert, dass sie ihm verzeihen würde. Die Zukunft konnte beginnen.

Das erste, was in dieser Zukunft geschah, war eine heisse Nadel, die in seine Brust drang und sich wie ein Stich in sein Herz bohrte.

Als Fredi sich die Treppe seines Wohnblocks im Schönberg hochmühte und keuchend an seiner Wohnungstür ankam, stand dort im Halbdunkel eine schauerliche Figur. Aber schauerlich war sie nur auf den ersten Blick, eben weil sie im Halbdunkel stand und Fredi sie nicht erwartet hatte. Der zweite Blick gab Entwarnung. Es war lediglich Big Bad Boy.

«Fredi!», rief er mit grossen Augen. «Ich bin so froh, dass du weg warst! Dachte mir schon, dass du einfach nicht aufmachst.»

«Glaub mir, Big Bad Boy. Genau das hätte ich getan.» Fredi schloss entnervt die Tür auf, ohne seinem Besuch nähere Beachtung zu schenken, und entledigte sich noch neben der Garderobe seiner unbequemen Verkleidung. Krawatte, Hemd und der ganze Anzug landeten wie Dreck auf den staubigen Fliesen. Er ging ins Schlafzimmer, um sich endlich wieder in den Stoff zu werfen, der ihm am liebsten war, Trainerhose und T-Shirt. Big Bad Boy hingegen trug immer noch sein Klamaukgewand. Und selbst mit einem Gang ins Schlafzimmer liess er sich nicht abschütteln.

«Jetzt gehts erst richtig los, Fredi!», verkündete er aufgeregt.

Starke Worte für einen Mann, der gerade die grösste Schlappe seines Lebens bezogen hatte. Doch mit unermüdlichem Vorwärtsdrang zog er ein Blatt Papier aus der Hosentasche.

«Die Liste, die wir damals gebraucht haben», sagte er und zupfte an seiner goldenen Fliege. «Sitzplatz Nummer 88, ich hab seinen Namen! Irgendwie fügt sich jetzt alles zusammen. Wie ein Puzzle. Oh Mann, ich habe Gänsehaut!»

Fredi hielt, das eine Bein in der Trainerhose, das andere noch draussen, entgeistert inne. «Das meinst du doch nicht ernst, oder?»

«Er heisst Kunz! Und kommt aus Zollhaus!», rief Big Bad Boy euphorisch aus.

Fredi versorgte auch das zweite Bein in der Trainerhose, erhob sich und wies ihn scharf zurecht: «Jetzt hör aber mal auf mit dem Unsinn! Diese Einbrüche vor drei Jahren. Das war doch ein Debakel. Oder?»

«Ja, gut –»

«Der Deal mit der Russin. Ein Debakel, oder?»

«Na ja, es verlief nicht –»

«Also wenn man das zusammenzählt, sind das für mich zwei Debakel.» Seiner Meinung nach galt hier nicht die gleiche algebraische Regel, die Swetlana Zenowa bei viel Geld angewandt hatte.

Big Bad Boys Verunsicherung dauerte nur einen Sekundenbruchteil, dann belehrte er Fredi eines Besseren: «Und das ist eben genau dein Fehler, Fredi! Zusammenrechnen, das ist niedere Mathematik. Schon mal was von Multiplikation gehört? Da herrschen ganz andere Gesetze!»

Fredi streifte sich ein verwaschenes Def-Leppard-T-Shirt über. Ohne auf Big Bad Boys Logik einzugehen, sagte er: «Mit anderen Worten: Du willst diesen – wie heisst er noch mal? – töten?»

«Kunz. Er heisst Kunz.»

Geduld war im Umgang mit Big Bad Boy die kostbarste Tugend. Die Fredi nicht immer im nötigen Mass besass. «Ist doch egal wie er heisst!», fauchte er. «Ob du ihn töten willst!»

Daraufhin schwieg Big Bad Boy, machte aber ein

Gesicht wie der Alkoholiker, den man nach zwei Bieren fragte, ob er noch eins wolle.

Spieler mit einem derartigen Kampfgeist, mit einem derartigen Widerwillen, die längst feststehende Niederlage zu akzeptieren, wünschte sich jeder Sportclub. Aber das Leben war weder Spiel noch Sport. Fredi fand, dass jetzt der Moment gekommen war, Big Bad Boy mal kräftig durchzuschütteln, und zwar ohne Rücksicht auf dessen labile Innenwelt. Der Typ war offenbar bereit, einen unschuldigen Menschen zu exekutieren, einen Menschen aus der Gottéron-Familie überdies, und zwar aus reiner Geldgier, ganz im Stile eines skrupellosen, selbstsüchtigen, grössenwahnsinnigen Russen. Das konnte Fredi einfach nicht gutheissen, das ging entschieden zu weit.

«Wie krank bist du eigentlich?», sagte Fredi mit einem so verachtenden Blick wie möglich, wobei ihm bewusst wurde, dass dieser Blick Abnutzungserscheinungen zeitigte. Zu oft hatte er ihn in den letzten Tagen verwendet, ohne damit erkennbare Resultate zu erzielen. Also schlug er zusätzlich mit der flachen Hand gegen den Kleiderschrank, um sein Unverständnis einmal zu variieren, kam sich dabei reichlich dämlich vor, aber vielleicht war das genau die Sprache, die Big Bad Boy verstand.

Er täuschte sich. Big Bad Boy nahm Fredis kleinen Aggressionsanfall vielmehr als Steilvorlage dafür, sein düsteres Weltbild auszubreiten.

«Fredi, ich sag dir jetzt mal eins. Heute ist jeder skrupellos. Nicht nur der Russe. Auch der Deutsche und der Schweizer und der Freiburger. Die Hoffnung auf Liebe und Harmonie, das ist vorbei. Jeder kämpft ums Überleben. Wie schon immer. Wie in der Steinzeit und im Mittelalter. Die Welt ist schrecklich und böse.»

«Meine Güte, hat dir das ein Pater eingeimpft?»

«Lass diesen Unsinn, Fredi. So ist es doch. Während du duschst oder einfach so zum Spass ein Bier trinkst, verdursten Kinder. Weil Typen wie du ständig Cervelats essen, sterben niedliche Tiere einen qualvollen Tod. Und indem du gerade das Licht angemacht hast, erwärmst du das Klima und stürzt bald die ganze Menschheit in den Tod.»

Fredi fragte sich, ob das eine dauerhafte Depression war oder lediglich eine spontane, durch das kläglich Scheitern seines Projekts entstandene. «Aber du trinkst und duschst doch auch und brauchst Strom, oder?», fragte er, nun wieder die Ruhe selbst.

«Eben, das ist es ja! Die Welt ist schrecklich und böse. Da kann man sich umbringen und hat nichts mehr damit zu tun. Oder aber man bleibt am Leben und ist automatisch Teil dieser dunklen Welt. Und man akzeptiert: Damit es einem gut geht, muss es anderen schlecht gehen. So läuft der Hase, Fredi, das ist die grausame Realität.»

«Nimmst du ein Bier?»

Zu Fredis Überraschung willigte Big Bad Boy ein.

Schweigend tranken sie also nebeneinander auf dem Sofa sitzend jeder eine Dose Kaiser. Nicht zum Spass, sondern aus dem Wunsch heraus, dass die Schwere, die auf dem Tag lag, ein wenig zerbröckelte, dass einem die Dinge danach wieder etwas leichter von der Hand gingen. Dazu löschte Fredi das Licht, damit Big Bad Boy wenigstens ein kleines Stück Glauben an eine gute Welt zurückbekommen konnte.

Ein Bier hatte sich in schwierigen Zeiten schon oft bewährt. Dabei war es ja nicht die aus chemischen Verbindungen bestehende Flüssigkeit allein, die eine Verbesserung der Lage herstellte. Nein, während man ein Bier trank, verging Zeit, man wurde älter und weiser, man konnte die Gedanken ordnen. Dafür hätte es im Prinzip nicht einmal ein Bier gebraucht. Aber zwei Männer, die eine Viertelstunde schweigend nebeneinander auf dem Sofa sassen und nichts anderes taten, als älter und weiser zu werden und die Gedanken zu ordnen – das ging ja auch nicht. Ein Bier in der Hand war der Grundstock all dessen.

Bei Big Bad Boy aber wuchs das Bier, obwohl er es mit erstaunlicher Routine in sich warf, offenbar nicht über seine Rolle als eben dieses Grundstocks hinaus. Er schien zu wenig Übung darin zu besitzen, beim meditativen Trinken die Weisheit gedeihen zu lassen, denn leider änderte er seine Haltung nicht. Sein Entschluss, nach Zollhaus zu fahren, um diesen Kunz aufzuspüren, der bei den Heimspielen auf Sitzplatz Nummer 88 sass, war unumstösslich. Wenn es sein müsse, gehe er auch allein, aber niemand solle sich danach beklagen, wenn der eine von ihnen nächste Woche ohne den anderen mit einem Koffer voll Geld nach Thailand fliege und ein Jahr in Saus und Braus lebe.

Infolgedessen hatte Fredi zwei Möglichkeiten. Die eine war: Er liess einen geistig Verwirrten eine Mission vollenden, in die er selber auch involviert war, und für die er, sollte der geistig Verwirrte nicht mit äusserster Raffinesse agieren, auch zur Rechenschaft gezogen werden würde.

Also zertrat er, ohne Rücksicht auf den Fussboden, die leeren Bierdosen und warf sich fluchend wieder in Schale. Obwohl es eigentlich gar nicht mehr nötig gewesen wäre, aber irgendwie liessen sich diese von Big Bad Boy ausgeheckten irren Aktionen damit besser ertragen. Anzug und Krawatte waren für ihn so etwas wie ein Symbol für krumme Touren geworden, sie gaben ihm praktisch die Lizenz für Unfug.

Fredi Egger und sein kongenialer Kollege Big Bad Boy stiegen also, kaum hatten sie den letzten Zwist innerhalb ihrer Gemeinschaft überstanden, in den Bus und setzten sich in die hinterste Reihe. Bald passierten sie die Zähringerbrücke und die Galternbrücke, entfernten sich allmählich von der Stadt und erreichten ländliches Gebiet. Weitläufige Felder und Wiesen und Wälder zogen an ihnen vorbei. Ab Tasberg ging es für eine Weile stetig bergauf, sodass der Motor gelegentlich laut aufheulte. Am Strassenrand grüssten in regelmässigen Abständen auf Holztafeln geklebte Politikervisagen. Man fuhr durch St. Ursen, Rechthalten, Brünisried, Zumholz. Kirchen- und Kuhgeläut, da ein Dorfladen, hier eine Metzgerei. Schwyberg und Kaiseregg wurden immer grösser, geografisch gesehen befand man sich nun im Senseoberland. In Plaffeien musste man umsteigen, das hasste Fredi, eigentlich das Busfahren allgemein. Es erinnerte ihn immer daran, dass er kein Auto besass.

Die Senseoberländer. Ein friedliches und zufriedenes kleines Volk, wie sie von sich glaubten. Manchmal stimmte das ja auch. Aber man musste ihnen nur die Eröffnung eines Bundesasylzentrums innerhalb ihrer Mark ankündigen, dann zündeten sie Mahnfeuer an strategisch wichtigen Stellungen und reckten die Fäuste in die Luft. Dann herrschte in Giffers Tumult wie in der Tagesschau. Es kam ja dann auch in der Tagesschau.

Für Fredi, aufgewachsen im kulturell aufgeschlossenen Schönberg, war ein Ausländer nichts Exotisches. Warum auch sollte er den Türken von der Kebabbude oder die Tschechin hinter der Theke kritischer betrachten als zum Beispiel einen Berner? Das ergab keinen Sinn. Denn der Türke oder die Tschechin hatten ihm nie etwas angetan, ganz im Gegensatz zu den Landsmännern aus Bern: Sie begossen ihn auf den Rängen mit Bier, wobei die geworfenen Becher im besten Fall wirklich Bier und nicht Urin enthielten. Sie bezeichneten ihn bei jedem Aufeinandertreffen als Hurensohn. Sie marschierten vom Freiburger Bahnhof aus randalierend und feuerwerfend ins Stadion, als wollten sie die Stadt einnehmen. Sie verbrannten Freiburger Trikots und Schals und Fahnen. Sie wurden von Zeit zu Zeit Schweizer Meister. Berner waren ganz widerliche Menschen.

Doch bevor man gleich den ganzen Nachbarskanton mit Hass übergoss und damit dem einen oder anderen Unrecht tat, musste man seinen blinden Zorn wohl etwas zügeln. Man musste berücksichtigen, dass es ja auch Berner gab, die sich mit dem SC Bern nicht identifizieren konnten, oder Berner, die die SCL Tigers oder den EHC Biel unterstützten und den SC Bern auch verachteten. Man musste einräumen, dass es zwischen den Berner YB-Fans – sofern diese nicht gleichzeitig SCB-Fans waren –, und den Freiburger Gottéron-Fans sogar eine gewisse Seelenverwandtschaft gab, denn die vielen titellosen Jahre auf beiden Seiten formten irgendwie ja auch den Charakter, sie bildeten einen Galgenhumor heraus, mit dem sich ein Leben fern von Titelgewinnen und Meisterfeiern erst ertragen liess. Und schliesslich musste man auch zugestehen, dass es Berner gab, die mit Sport überhaupt nichts am Hut hatten und einfach in Ruhe ihr Bier trinken wollten. Das konnten dann unter Umständen ganz akzeptable Typen sein. Wenn man die Milderung des bernischen Feindbildes auf die Spitze treiben wollte, dann konnte man sich sogar zur Behauptung verleiten lassen: Es war gut, dass der SC Bern existierte. Denn der Himmel war nur himmlisch, wenn es auch eine Hölle gab, und das Gute nur gut, wenn man dem Bösen in die Augen gesehen hatte. Was also wäre ein Gottéron-Dasein ohne den SC Bern? Eine ordentliche Erzrivalität erweiterte das Gefühlsspektrum des Fans.

Ein gebürtiger Berner, ein ganz seltsames Subjekt aber, eines, das sich weder für den SCB noch für YB und nicht einmal für Bier interessierte, war Big Bad Boy. Nach Freiburg gezogen, um sein altes Leben hinter sich zu lassen, hatte er ein beachtliches Rückgrat an den Tag gelegt. Vor dem ganzen Hintergrund der rauen Eishockeykultur war es jedenfalls ein kühner Schritt von ihm gewesen, die Seite zu wechseln. Allerdings konnte er hier nur eine neue Existenz aufbauen, weil er das einzig Richtige tat: Er meisterte sein Bernersein mit Demut und trug es nicht zur Schau. Und Fredi zeigte eben auch – allein damit, dass er mit Big Bad Boy kooperierte –, dass er kein einfältiger Rassist war, sondern ein differenziert denkender Menschenfreund.

Sie kamen in Zollhaus an. Es gab hier weder eine Kirche noch einen Laden noch eine Metzgerei. Nur eine Handvoll Häuser und eine grosse Zimmerei. Während der Bus weiter in Richtung Schwarzsee fuhr, gingen Fredi und Big Bad Boy ein paar Schritte der Strasse entlang, dahin, wo sie die gesuchte Adresse vermuteten. Sie hatten, etwas ernüchtert über die Tauglichkeit von Plänen, keinen eigentlichen Plan. Es gab einfach so viele Faktoren, über die man keine Macht besass, und ohne Glück ging im Leben sowieso gar nichts. Vielleicht, hatte Fredi während der Anfahrt kurz überlegt, war ja dieser Kunz soeben eines natürlichen Todes gestorben, denn diese Typen aus der Region Schwarzsee, das waren oft wilde Kerle, die die verrücktesten Dinge praktizierten: Triathlon, Gleitschirmfliegen, Bergsteigen, Downhillbiken, Riverrafting, Schwimmen. Nun, wahrscheinlich nicht. Bestimmt war Kunz kerngesund und wollte noch viele Jahre leben. Was wollte mans ihm verübeln? Fredi sah weiterhin keinen Grund dafür, hier und jetzt einen ihm unbekannten Mann umzubringen. Abgesehen von den Hunderttausend natürlich, die ihnen Swetlana Zenowa dafür in Aussicht gestellt hatte. Aber von den Hunderttausend blieb, wenn man sie durch zwei teilte, nur noch die Hälfte, ohne Steuerabzüge zwar, doch Fünfzigtausend waren heutzutage auch nicht mehr die Welt, ausserdem: Wie oft hatten sie im

Fernsehen schon über Lottogewinner berichtet, deren Abstieg mit dem Lottogewinn begonnen hatte? Zu viel Geld hatte schon manchen guten Charakter verdorben.

Ein Porsche fuhr gemächlich vorbei, reflexartig sah Fredi auf den Fahrersitz, ob dort Andrei Bykow sass. Er tat es nicht. Es war nur ein älterer grauer Herr mit Sonnenbrille und Polohemd, daneben eine junge blonde Frau.

«Vielleicht ist er ja damit einverstanden, wenn wir ihm vorschlagen, das Kopfgeld zu dritteln», sagte Big Bad Boy und zündete sich eine Zigarette an.

Fredi sah ihn ungläubig an. Es war geschehen, es war vollbracht. Big Bad Boy hatte einen Witz gemacht. Einen ganz makabren sogar. Der aber, je länger man ihn sich durch den Kopf gehen liess, je mehr an Geist verlor.

Dennoch begrüsste Fredi die neue Leichtigkeit von Big Bad Boy. Die würde sich kaum in kurzer Zeit in ein Mordsfieber verwandeln. Vielleicht besass er ja doch ein Quäntchen Moral.

«Wir werden sehen», sagte Fredi, wie alle, die keine Ahnung hatten, was man tun sollte.

Big Bad Boy nickte ernst. Seine Augen verrieten, dass er offen für alles war. Fredi stellte sich bei so viel Entschlossenheit die Frage, ob sein Witz eben doch gar keiner gewesen war.

Sie kamen an eine als Parkplatz verwendete Kiesfläche und wurden da von einem plötzlich heranbrausenden Geländewagen beinahe über den Haufen gefahren.

«Hey!», rief Fredi erschrocken und verärgert über so viel Rücksichtslosigkeit. Big Bad Boy war in seiner leuchtenden Farbenpracht nun wirklich nicht zu übersehen gewesen. Hier, in diesem schattigen, irgendwie traurigen Ort fiel er ausserdem viel stärker auf als in der Stadt.

Aus dem Geländewagen stieg eine Frau. Sie war etwa in seinem Alter, schätzte Fredi, also um die vierzig, wobei er sich in Altersschätzungen nicht mehr zu viel vornahm. Prallgefüllte Jeans, ein weites weisses T-Shirt, das die Unterschiede zwischen Brüsten, Bauch und T-Shirt-Falten verwischte, ein straffer, schmerzhaft aussehender Rossschwanz – sie war der Typus Fussballerin, die mit viel Wille und Disziplin eine schöne regionale Karriere hingelegt hat, aber eben nicht mehr als das, da ihre Freistösse stets in die Mauer oder übers Tor gingen.

«Tut mir leid!», rief sie mit verrauchter Stimme. «Hatte eben Querflötenunterricht und sollte schon längst die Kinder abholen!»

«Sie nehmen Querflötenunterricht?», fragte Fredi verwundert.

«Nein. Ich gebe Querflötenunterricht.»

Genau das hatte er gemeint. Dass man eine Situation noch so gut analysieren konnte, am Ende lag man sowieso falsch.

Derweil ging Big Bad Boy voll in die Offensive: «Wohnt hier irgendwo ein Herr Kunz?», fragte er ohne Vorgeplänkel.

«Allerdings», stiess die Querflötenlehrerin aus, «was wollt ihr von dem Arschloch?»

Den Ausdruck fand Fredi nicht gerade querflötenlike.

«Kennen Sie ihn?», fragte Big Bad Boy mit kindlicher Ungeduld.

«Ja. Er ist mein Mann», sagte sie, öffnete den Kofferraum und entnahm diesem ein kleines Köfferchen.

«Aha», sagte Big Bad Boy verblüfft.

«Dann wohnt er also hier?», fragte Fredi.

«Nein. Hab ihn rausgeworfen.» Und einer weiteren Frage zuvorkommend: «Er wohnt jetzt da hinten, auf der Wiese.»

Die Frau, die – davon war Fredi immer noch überzeugt –, ihr fussballerisches Talent mit dem Dudeln auf einer dämlichen Flöte vergeudete, eilte daraufhin ins Haus, ein geräumiger Holzbau mit grünen Holzstoren und rotem Geblüm auf den Fenstersimsen. Dann eilte sie zurück, sprang in den Geländewagen und brauste, eine grosse Staubwolke aufwirbelnd, wieder davon.

Jetzt, wo man dem gesuchten Ziel so nahe war, hielten es Fredi und Big Bad Boy doch für angebracht, sich über die Vorgehensweise zu besprechen. Nur kurz.

«War das jetzt eigentlich gut, dass uns seine Frau gesehen hat?», fragte Fredi.

Big Bad Boy steckte sich die Zigarette in den Mund und zog lange daran.

Auf der Wiese, die ihnen empfohlen worden war, fanden sie einen Schafunterstand und einen Wohnwagen. Egal in welcher dieser beiden Bleiben man den gesuchten Kunz nun auftrieb – die Chancen, dass er sich bei ihnen mit hundertzehntausend Franken in bar sein Leben erkaufen würde, waren minim. Aus einer gewissen Menschenwürde heraus steuerten sie den Wohnwagen und nicht den Schafunterstand an.

Man musste vor Schafsexkrementen auf der Hut sein, die zwar ganz ruhig am Boden lagen, aber erfahrungsgemäss eine magische Anziehungskraft auf Füsse ausübten, die sauber bleiben wollten. Darauf bedacht, diese hinterlistigen Fallen unbeschadet zu passieren, schritten Fredi und Big Bad Boy konzentriert durch das Gras.

Der Wohnwagen erwies sich zweifellos als bewohnt. Durch das Fenster flimmerte ein violettes Licht. Musik lief, irgendwelche Psychedelia aus den Untiefen der Siebzigerjahre. Und manchmal, wie wenn jemand darin umhergehen würde, wippte der ganze Wagen. Big Bad Boy klopfte an.

Die Tür ging auf, es erschien eine apostelhafte Gestalt, wie sie am letzten Abendmahl hätte teilnehmen können: Weit über die Schultern reichendes Haar, feiner Bartwuchs, ein Gesicht voller Güte. Dann aber fragte er: «Seid ihr von der Jubla? Für solchen Kinderkram habe ich kein Geld.»

Es war eine erkenntnisreiche Begrüssung. Er hatte in einem für ihn verheerenden Dialekt gesprochen. Da gab es überhaupt nichts zu diskutieren, der Apostel war ein Berner in Reinkultur. Seine Überlebenschancen sanken rapide. Wobei man nicht vergessen durfte, ermahnte sich Fredi, dass er ja ein Sitzplatz-Abo in Freiburg besass. Also möglicherweise ein Bekehrter.

Über die im Grunde auch inhaltlich recht unfreundliche Begrüssung hinwegsehend sagte Fredi: «Herr Kunz?»

«Ja?», sagte der Apostel.

Volltreffer. An solche Erfolgsquoten musste man sich erst noch gewöhnen.

«Sie sind Inhaber eines Sitzplatz-Abos des HC Freiburg Gottéron, richtig?», fuhr Fredi fort.

«Das ist so, ja.» Der unerwartete Besuch schien Kunz nicht einmal sonderlich zu überraschen. Er hielt sich mit beiden Händen am Türrahmen fest und spähte aus müden kleinen Augen aus dem Wohnwagen.

«Wir sind Vertreter des HC Freiburg Gottéron», erklärte Fredi. «Wir besuchen dieses Jahr alle Abo-Besitzer. Weil wir uns persönlich für die enttäuschende letzte Saison entschuldigen wollen.»

«Big Bad Boy?», sagte Kunz.

Und es standen sich drei verdutzte Personen gegenüber.

«Was, ihr kennt euch?», fragte Fredi.

«Du heisst Kunz?», fragte Big Bad Boy.

«Ihr arbeitet für Gottéron?», fragte Kunz.

Fredis Frage hatte Kunz und Big Bad Boy gegolten, Big Bad Boys Frage war ausschliesslich an Kunz gerichtet, der wiederum Fredi und Big Bad Boy eine Frage gestellt hatte. Fragen über Fragen, wer blickte da noch durch? Und dies waren nur die ausgesprochenen Fragen gewesen, in Fredis Kopf und gewiss auch in den Köpfen der beiden anderen lauerten davon noch eine ganze Menge.

Fredi sah hilfesuchend zu Big Bad Boy, schliesslich war er irgendwie der Protagonist dieser Angelegenheit. *Er* hatte unbedingt herkommen wollen, um einen Mann zu töten, und *er* war nun derjenige, der diesen Mann offenbar kannte.

Doch das einzige, was Big Bad Boy auf Lager hatte, um dieser überraschenden Situation Herr zu werden, war ein verlegenes Lächeln. Wie schon oft versagten ihm in spielentscheidenden Momenten die Nerven.

«Genau», sagte Fredi, wobei er sich gar nicht mehr genau an die Frage erinnerte, die er damit beantwortete. «Wir kommen im Auftrag von Gottéron», fand er den Faden wieder, «um, wie gesagt, uns für die letzte Saison zu entschuldigen.»

«Ach so. Easy, macht nur», sagte Kunz unbeeindruckt.

«Wie jetzt?» Fredi hatte Verständnisprobleme.

«Ist schon gut. Entschuldigt euch nur.»

«Ja ... Also eigentlich habe ich das doch jetzt schon getan, zwei Mal sogar?»

«Nein, Sie haben nur gesagt, dass Sie sich entschuldigen wollen. Aber getan haben Sie es doch jetzt noch nicht?»

Was Fredi noch vor einer Viertelstunde über die Fünfzigtausend gedacht hatte, das hätte er gerne immer noch gedacht. Und er versuchte es weiterhin zu denken. Aber für einen armen Herumtreiber wie ihn war es wahrlich eine Herkulesaufgabe, Fünfzigtausend einfach so herunterzuspielen. Es war doch ein recht nützlicher Batzen Geld. Und um seinen Charakter, fand er, brauchte er sich keine Sorgen zu machen. Er dachte an den Porsche-Fahrer.

«Also gut.» Fredi wollte Geduld und Sanftmut zeigen, die Menschen und ihre Auffassungsgaben waren schliesslich verschieden. «Wir entschuldigen uns im Namen des ganzen Clubs für die enttäuschende letzte Saison.»

Der Satz hatte ihn einige Überwindung gekostet. Man war jetzt halt wieder mal in den Playouts gewesen, das war bitter, aber auch abgehakt. Das musste man jetzt vergessen, aber wenn man darüber sprach, kam alles wieder hoch.

«Kein Problem, wirklich. Easy. Halb so schlimm», winkte Kunz ab.

Also – schlimm war es schon gewesen. Wenn einem das nicht wehtat, dann stimmte auch wieder etwas nicht. Und vor allem fand man eine derart frustrierende Saison nicht einfach easy. Fredi konnte allgemein mit solchen Easytypen nicht viel anfangen. Er hatte ja nichts gegen lockere und entspannte Menschen, er ging selber auch in diese Richtung. Aber solche, die immer so bemüht easy drauf waren, die hatte er schon damals im Tunnel nicht ausstehen können – vielleicht störte ihn allein die Verwendung dieses Worts.

«Ja dann», sagte der Easytyp gähnend.

Aber die beiden Clubdelegierten rührten sich nicht von der Stelle. Man hörte das Rauschen eines Bachs, dann ein Schaf, das blökte.

«Wie gehts so?», brach nun endlich Big Bad Boy sein Schweigen.

«Ach!» Kunz' Gesicht wurde kurz dunkel, um sich verblüffend schnell wieder aufzuheitern. «Die Weiber», sagte er mit wegwerfender Handbewegung, «die muss man machen lassen. Dann gehts einem blendend.»

«Zum Beispiel die, die gerade Querflöte spielen geht?», fragte Fredi.

«Ja. Wie ich gerade sagte, man muss sie machen lassen.»

«Und sonst?», fragte Big Bad Boy.

Kunz sah über die beiden Besucher hinweg in die Weite, als blickte er zurück auf turbulente Zeiten. «Wenn du gerade nicht arbeiten müsstest, Big Bad Boy, dann könnte ich dir einiges erzählen», sagte er mit zusammengekniffenen Augen.

«Okay», sagte Big Bad Boy. «Warum nimmst du eigentlich dein Handy nie ab?»

«Tu ich das?», fragte Kunz.

«Die ganze Zeit», sagte Big Bad Boy.

Es gab also noch andere Typen, die Big Bad Boy aus dem Weg gehen wollten. Fredi fragte sich, ob er für Big Bad Boys Projekte jeweils gar nicht erste Wahl war. Ob er nach unzähligen Absagen von namhaften bösen Buben nur die Rolle des Notnagels spielte. Fredi liess gesunden Menschenverstand walten und verwarf die Möglichkeit.

«Stress», sagte Kunz.

Da war Fredi auch mit seinen immergleichen Ausreden noch kreativer.

«Ich probiers nächste Woche noch mal!», kündigte der unermüdliche Big Bad Boy an.

Und das meinte er mit Sicherheit ernst. Big Bad Boy gab Kunz also eine nächste Woche. Teamwork, dachte Fredi, sieht anders aus. Er war, ganz unabhängig von seinen Absichten, nicht gewillt, die offensichtliche Planänderung von Big Bad Boy einfach so hinzunehmen. Es war auch ein bisschen eine Frage des Anstands. Man überredete einen Kollegen nicht zu einem Mordanschlag in Zollhaus, um dann in Zollhaus allein zu entscheiden, unverrichteter Dinge zurück in die Stadt zu fahren.

«Wir sind mit unserer Arbeit ein bisschen im Vorsprung», sagte Fredi.

«Bist du dir sicher?», fragte Big Bad Boy, sein Unbehagen war deutlich hörbar.

«Wir könnten gut noch kurz reingehen», sagte Fredi.

«Aber dafür habt ihr doch gar keine Zeit», sagte Kunz.

Fredi sah demonstrativ auf sein Handgelenk, an dem sich aber gar keine Uhr befand. Trotzdem sagte er nickend: «Wir haben viel Zeit.»

Sie drängten sich auf eine Eckbank um einen schmalen Tisch, auf dem eine violette Lavalampe stand, ausserdem ein Achtelstück Pizza, ein Aschenbecher, Zigarettenfilter, ein Säckchen Tabak, ein zerknülltes Papiernastuch, ein Schlüsselbund, ein Kugelschreiber, der Sportteil des Blicks, darauf ein Champignon, der wohl eher auf das Stück Pizza gehört hätte. Auf dem Boden lagen Kleider, ein alter Fernseher, leere Milchbeutel, ein Schraubenzieher, ein Kissen. Es herrschte also ein wenig Chaos. Es erinnerte Fredi an zu Hause.

«Und ihr besucht echt jeden, der ein Abo hat?», fragte Kunz, nahm das Papiernastuch, putzte sich die Nase und steckte es sich in die Hosentasche.

«Es ist das mindeste, was wir tun können», sagte Fredi freundlich.

«Krass! Endlich mal was Sympathisches von diesem Verein.»

Von diesem Verein. Wie redete der nur? «Wie meinen Sie das?», fragte Fredi in schärferem Ton.

«Schlechte Leistungen. Schlechter Einsatz. Schlechte Transfers. Schlechte Vertragsverlängerungen. Schlechte Kommunikation.» Kunz zählte einen Kritikpunkt nach dem anderen an seinen Fingern auf. «Trotzdem wird das Abo teurer. Und das Bier auch. Also viel Gutes kam da letzthin nicht.»

Das stimmte teilweise sogar. Aber wenn es schon stimmte, musste man es ja nicht gleich so schonungslos beleuchten. Und wenn man ein so breites Berndeutsch sprach, hielt man sowieso am besten die Klappe.

«Diese Saison wird alles besser, das verspreche ich Ihnen», sagte Fredi.

Big Bad Boy hielt sich derweil mit Reden zurück. Er schob einen Stapel Post zur Seite, damit er mehr Platz zum Sitzen hatte. Seinem Schweigen nach ging Fredi davon aus, dass sich die Freundschaft der beiden vor allem auf die nicht stattgefundenen Telefongespräche konzentrierte.

«Easy», sagte Kunz. «Ist mir sowieso egal. Ich war schon lange nicht mehr im Stadion.»

«Was?», fragte Fredi mit hochgezogenen Augenbrauen. «Aber Sie haben doch ein Abo?»

«Unter uns gesagt», sagte Kunz, lächelte und hielt sich geheimnistuerisch eine Hand neben den Mund. «Mein Abo. Das vermiete ich immer.»

«Warum denn das?»

«Um mich zu finanzieren.» Kunz entdeckte den Champignon auf dem Blick und legte ihn zurück auf die Pizza. «Gut, letztes Jahr, da lief es weniger, da hatten die Leute auch einmal genug», plauderte er vor sich hin. «Aber die Jahre davor! Im Final bekam ich für ein Spiel mal dreihundert Franken. That's business.»

Da war Fredi der Easytyp doch lieber gewesen als dieser knallharte Geschäftsmann. «Woher kennt ihr euch eigentlich?», fragte er, und sah den anderen knallharten Geschäftsmann in der Runde an.

«Von den Pfadfindern», sagte Big Bad Boy kleinlaut, als ob er von einem dunklen Kapitel seines Lebens spräche. Ein Big Bad Boy konnte eben nicht als lächerlicher Pfadfinder angefangen haben, das sah Fredi schon ein. Einer wie Big Bad Boy durfte gar nie ein Kind gewesen sein, um seinem Selbstbild gerecht zu werden.

«Ausserdem waren wir mal zusammen in den Ferien», fügte Big Bad Boy hinzu.

«Was?», rief Fredi dazwischen.

«Aber das ist schon ewig her», sagte Kunz.

«Das war vor vier Monaten, Remo», sagte Big Bad Boy.

«Wohl kaum.»

«Doch.»

Fredi tendierte dieses Mal dazu, Big Bad Boy zu glauben. Und das war eindeutig kein Ruhmesblatt für Kunz. Er schien ein wenig durch den Wind zu sein. Die fragwürdige Einnahmequelle, die unscharfe Trennung zwischen Tageslektüre und Nahrung, die Kapitulation gegenüber dem Willen der Frauen. Offenbar stand er nicht gerade mit beiden Beinen im Leben. Aber daran lag es nicht, dass Fredi bis jetzt nicht sonderlich viel von ihm hielt. Es bestand einfach eine ganz natürliche Abneigung.

«Wollt ihr eigentlich etwas trinken?», fragte Kunz, als hätte er Fredis Gedanken lesen können. Das hingegen war ein kluger Schachzug für einen, der unbedingt

Sympathiepunkte brauchte, fand Fredi. Das Treffen verwirrte ihn ein bisschen. Er hatte sich den Mann, den es umzubringen galt, ganz anders vorgestellt. Einen richtigen Freiburger Copain hatte er erwartet. Einen, mit dem man die letzten Transfers diskutieren konnte und der zuversichtlich der neuen Spielzeit entgegenfieberte. Und dann traf man auf einen alten Berner Gefährten von Big Bad Boy, der sich mit Gottéron auf dreiste Art bereicherte und das und noch viel mehr ganz easy fand. Aus einem kleinen Radio dudelte immer noch diese verrückt machende Band, ein Sound ohne Logik und Struktur, Töne wie zufällig dahingeworfen. Fredi war verwirrt.

«Tee, Apfelsaft, Bier?», fragte Kunz aus der anderthalb Meter entfernten Küche.

«Einen Apfelsaft gerne», sagte Big Bad Boy.

«Ich auch», sagte Fredi.

«Was?», fragte Big Bad Boy bestürzt. «Kein Bier?»

«Doch, natürlich, hab ich doch gesagt», sagte Fredi.

«Nein, Sie haben Apfelsaft gesagt», widersprach ihm auch Kunz, während er mit dem Fuss eine Bananenkiste aus dem Weg räumte.

«Ja, Apfelsaft», bestätigte Big Bad Boy.

Dieses Kollegenschwein. Warf sich auch noch auf die Seite des Berners. Wenn sich Fredi die Sache richtig überlegte, sass er hier mit zwei Bernern in einem Wohnwagen. Es war wohl höchste Zeit, wieder mal etwas Ordnung in seine Tage zu bringen.

«Apfelsaft habe ich sicher nicht gesagt. Das verdirbt mir nämlich den Magen», erklärte Fredi.

«Das ist schon richtig», stimmte ihm Kunz nun doch zu. «Das Wort Apfelsaft hat er nicht gesagt.»

«Sag ich doch», sagte Fredi.

«Aber ich sagte, ich nehme einen Apfelsaft, und du sagtest, ich auch», rekapitulierte Big Bad Boy die Situation.

«Ach so.» Das konnte der Wahrheit nahekommen. «Aber wer wählt denn aus Tee, Apfelsaft und Bier auch Apfelsaft aus?», fragte er kopfschüttelnd.

«Bin ich jetzt etwa Schuld an allem?»

«Ganz unschuldig jedenfalls nicht.»

«Einen Apfelsaft und ein Bier?», unterbrach Kunz die beiden Clubvertreter.

Darin war man sich nun einig.

Nach ein paar Handgriffen stellte Kunz zwei Flaschen auf den Tisch und sagte: «Apfelsaft macht dann fünf, Bier vier fünfzig.»

«Apfelsaft ist teurer?», fragte der Idiot Big Bad Boy.

«Das war ein Witz», klärte Fredi ihn auf.

«Nein», sagte Kunz. «Apfelsaft ist wirklich teurer.»

Mit Witz hatte Fredi nicht die Differenz zwischen Apfelsaft und Bier gemeint, sondern diejenige zwischen Gastfreundschaft und Gastgewerbe. Doch die beiden Berner wurden ihrem Ruf vollauf gerecht. Und jetzt? Mit Mitmenschen konnte man ja erst einmal ruhig ein bisschen freundlich sein. Aber manchmal kam man an einen Punkt, an dem man diese Freundlichkeit über Bord werfen musste. Weil der Mitmensch dies schon längst getan hatte.

«Sie wollen uns doch nichts dafür verrechnen?», sagte Fredi bestimmt. «Wo Sie doch noch gerade über die Preise im Stadion reklamiert haben.»

«Bleiben Sie locker, Alter. Für Sie mach ich vier.»

Kunz gab Fredi einen freundschaftlichen Klaps auf die Schulter. «Aber tiefer geh ich nicht. Muss ja auch etwas haben.»

So weit kams noch. Verärgert stellte Fredi das Bier vor sich hin und dachte nicht im Traum daran, in diesem stinkenden Wohnwagen den Geldbeutel zu zücken.

Kunz setzte sich neben Big Bad Boy auf die Eckbank, als hätte es dafür noch genug Platz gehabt. Für sich hatte er ebenfalls eine Flasche Bier mitgebracht. «Dir scheints ja auch nicht gerade rund zu laufen», sagte er zu seinem alten Pfadfinderkameraden.

«Warum meinst du?», wollte Big Bad Boy mit skeptischem Seitenblick wissen.

«Arbeitest für Gottéron, ziehst von Haus zu Haus. Armseliger gehts wohl kaum.»

Fredi war noch ganz perplex nach dem neuerlichen Affront des Gastgebers, als sich die Ereignisse überstürzten.

Kunz nahm ein Feuerzeug aus seiner Hosentasche, um die Flaschen zu öffnen, und zwar ein gelbrotes Feuerzeug, das – Fredi sah es genau – das scheussliche kleine Bärenlogo des SC Bern trug. Und nur Sekundenbruchteile später erblickte er, ganz erschüttert von der Gestalt des Feuerzeugs, auf Kunz' Unterarm den Gottéron-Drachen, darunter die Zahl 88. Ein friedliches Beisammensein von Bär und Drache. Sämtliche Naturgesetze wurden hier ausgehebelt. Ein unvereinbarer Widerspruch. Ein Systemfehler.

«Was ... Was geht hier vor?», stammelte Fredi.

«Was denn?», fragte Kunz unschuldig.

«Drache auf dem Arm, Bär auf dem Feuerzeug. Was soll das?»

«Ach das.» Kunz setzte ein verschmitztes Lächeln auf. «Also. Das werd ich Ihnen ja wohl sagen dürfen: Mein Herz schlägt für den SCB.» Dazu nickte er mit den hunderttausend Franken, die er auf den Schultern trug.

«Und warum der Drache?», fragte Fredi scharf. Er kam sich vor wie ein Schuljunge, der die Grundlagen des Lebens noch nicht kannte.

«Aus Liebe. Damals», seufzte Kunz und deutete mit einem Schulterzucken an, dass er auch nicht mehr alles begriff.

Was er dann erzählte, hörte sich wie ein Schauermärchen an. Er Bern-Fan, sie Freiburg-Fan, hatten sich nach einem Unentschieden ineinander verliebt. An einem bezaubernden Sommertag, einem achten August, heirateten sie, und als Zeichen dafür, dass ihre Liebe sogar die Macht des Eishockeys zu sprengen vermochte, liessen sie sich tätowieren. Er den Freiburger Drachen und das Datum ihres Hochzeitstags, das zu ihrer Glückszahl verschmelzen sollte. Zumindest für eine Weile.

«So etwas Bescheuertes hab ich ja noch nie gehört!», empörte sich Fredi.

«Ich auch nicht», sagte Kunz.

«Und die Frau hat dann also den Bär auf dem Arm?», hakte Fredi nach, um die letzten Lücken dieser unglaublichen Geschichte zu schliessen.

«Nein. Auch den Drachen.» Kunz nahm einen grossen Schluck aus der Flasche.

«Ist das nicht ein bisschen unfair?», fragte Big Bad Boy.

«Das meinte ich auch», sagte Kunz. «Aber sie philosophierte etwas von Liebe und Harmonie und Gleichheit.»

Big Bad Boy nickte ernst, Kunz fuhr fort: «Ausserdem gehen sie ja im Fussballverein danach zusammen duschen, da geht ein Bär in Gottes Namen nicht.»

«Wusst ich's doch!», sagte Fredi.

«Was?», fragte Kunz.

«Ist doch gar nicht so schlimm», sagte Big Bad Boy und deutete auf den Drachen. «Ist ja nur eine Tätowierung.»

«Doch, das ist schlimm», sagte Kunz. «Der Scheissdrache auf dem Arm ist mein grosses Unglück.»

Und Fredi fragte sich: Wollte man im Ernst hunderttausend Franken hinblättern, damit dieser Stinkstiefel am Leben blieb?

5

Die Welt war schrecklich und böse.

Das Grauen, so glaubte man manchmal, war heute kleiner als auch schon, jedenfalls in einer Schweizer Kleinstadt und ihrer ländlichen Umgebung. Aber da täuschte man sich, denn alles war eine Frage der Gewohnheit. Das Auftauchen von Grauen in einer zivilisierten und hochentwickelten Welt war viel grauenvoller als zu jenen Zeiten, in denen er noch zum Alltag gehörte.

In dieser schrecklichen und bösen Welt schritten am Donnerstagmorgen zwei Männer mit versteinerten Mienen durch die Stadt Freiburg in Richtung NH Hotel: Fredi Egger und Petrus Wyss, gemeinhin bekannt und berüchtigt unter dem Namen Big Bad Boy. Ersterer trug einen Rucksack am Rücken, dem die vorbeigehenden Passanten keine Beachtung schenkten. Und auch wenn sie den Rucksack genauer betrachtet hätten, wäre ihnen kein Verdacht gekommen. Sie hätten darin einen Fussball vermutet, einen Globus oder eine Melone. Doch natürlich hatten sie über den tatsächlichen Inhalt keine Ahnung. Fredi bevorzugte Eishockey, interessierte sich nur mässig für ferne Länder und mochte keine Früchte.

Das letzte Gipfeltreffen stand bevor. Die Krönung einer ereignisreichen Woche. Die langersehnte Belohnung für unermüdliche Arbeit.

Was die beiden taten, konnte man kriminell nennen. Aber es war ebenso ein Akt der Menschlichkeit. Es war nämlich menschlich, nach einem besseren Leben zu streben. Es war menschlich, sich während der begrenzten Erdenzeit dann und wann etwas Gutes tun zu wollen. Es war menschlich, wenn einem das eigene Wohl stärker am Herzen lag als das Wohl des Nächsten. Es gehörte nun einmal nicht zu den Stärken des Homo sapiens, andere mehr zu lieben als sich selbst, ein gesunder Egoismus hatte schliesslich seinen Siegeszug begründet.

Als Swetlana Zenowa den Rucksack erblickte, erzitterte ihr Oberkörper. Ganz im Gegensatz zu den unwissenden Passanten besass sie eine klare Idee davon, was sich darin verbarg. Einige lange Sekunden musterte sie den Rucksack, ihr Atem schien sich zu beschleunigen, ihr Gesicht verlor an Farbe. Zum ersten Mal, seit man mit ihr verhandelte, wirkte sie emotional aufgewühlt.

Wie versprochen griff diese würdevolle Dame anschliessend nach einem Koffer, der neben ihren Füssen stand und legte ihn auf den Tisch, an dem sie sass.

«Hunderttausend Franken für Gerechtigkeit», sagte sie, und schob den Koffer von sich weg.

«Gerechtigkeit für hunderttausend Franken», sagte Fredi, und legte den Rucksack daneben, ganz behutsam, als könnte man einem abgetrennten Kopf noch Verletzungen zufügen.

Offenbar war Big Bad Boys Plan, in einer Woche hunderttausend Franken reicher zu werden, absolut aufgegangen.

«Ich möchte da nicht reinsehen», sagte Swetlana Zenowa mit hörbarer Verunsicherung, «das überlasse ich Igor und Iwan.»

«Verständlich», sagte Big Bad Boy.

«Da ich euch die Hunderttausend aber nur schuldig bin, wenn sich auch wirklich das im Rucksack befindet, was ich verlange, habe ich mir Folgendes überlegt.»

Fredi und Big Bad Boy warteten.

«Ihr könnt den Koffer mitnehmen. Der Betrag ist für mich ein Trinkgeld. Den Zahlencode für das Schloss übermittle ich euch allerdings erst, wenn ich mit eurer Arbeit zufrieden bin.»

Fredi und Big Bad Boy nickten.

«Und versucht gar nicht erst, den Koffer aufzubrechen. Das ist russischer Stahl.»

«Aber», wandte Big Bad Boy ein, «wie können wir sicher sein, dass sich das Geld auch wirklich im Koffer befindet?»

Sie sah ihn tadelnd an, er schaffte es nicht, ihrem Blick standzuhalten. «Ich bin eine Russin», sagte sie, ohne dem weiteres hinzuzufügen.

Man bedankte sich für die angenehme Zusammenarbeit und sagte sich Lebwohl.

«Das halt ich nicht aus, Fredi, lass uns irgendetwas tun, egal was, ich brauche Ablenkung!», sagte Big Bad Boy, auf der Schützenmatte umherhopsend wie einst Muhammed Ali.

«Hast du eigentlich offiziell ADHS?», fragte Fredi.

«Was?», fragte Big Bad Boy und schlug eine Rechts-Links-Kombination in die Luft.

«ADHS?»

«Lass uns etwas tun, Fredi, in den Zoo gehen oder so!»

«Freiburg hat keinen Zoo.»

«Das war ja nur ein Beispiel! Komm, gib mir mal den Koffer!»

Fredi reichte ihm den Koffer, das sorgte für einen neuerlichen Energieschub durch Big Bad Boys Glieder.

«Wir könnten in eine Bar gehen», schlug Fredi vor. «Etwas trinken.»

«Die ewige Sauferei, Fredi. Ich mache mir langsam Sorgen um dich.»

«Du wolltest doch irgendetwas tun, egal was?»

«Und in ein Museum?»

Fredi lachte. «Dafür müsstest du aber noch ein bisschen runterkommen.»

«Das ist ja auch das Ziel!»

«In Freiburg gibt es das Marionettenmuseum. Oder das Nähmaschinenmuseum.»

«Hm. Und sonst?»

«Ich wüsste da noch ein Museum …»

Also marschierten sie in gefälligem Tempo die Avenue de Midi entlang. Erstmals seit ein paar Tagen hatten sie sich heute wieder in ihre Alltagskleidung geworfen. Für die Vollendung des Deals war ein staatsmännisches Auftreten nicht mehr vonnöten gewesen. Der edle Koffer aus Stahl allerdings, den Big Bad Boy fest in seiner Hand hielt, passte nicht recht zu Trainerhose und verwaschenem Pullover. Egal. Niemanden kümmerte dies, am wenigsten die beiden selbst.

«Irgendwie ist das hier doch eher eine Bar als ein Museum», beklagte sich Big Bad Boy, als man nebeneinander am Tresen sass und Fredi genüsslich am Schaum eines frischgezapften Biers schlürfte.

«Offiziell ist es ein Museum.»

«In dem man sich unter anderem betrinken kann.»

«Was hast du denn gedacht, Big Bad Boy, dass wir uns hier alte Bierkrüge anschauen kommen oder was?»

«Irgendwie fühl ich mich die ganze Zeit verarscht, Fredi. Das ist kein schönes Gefühl, verstehst du?»

«Ach was, Big Bad Boy. Das einzige, was zählt, ist jetzt der Inhalt des Koffers. Alles andere ist doch scheissegal, oder?»

Damit liess sich Big Bad Boy ein wenig besänftigen. Er hob den Koffer auf seine Knie, zog die Handschuhe aus und fuhr mit seinen neuneinhalb Fingern über die Oberfläche. Während Fredi sich gelegentlich seinem Bier widmete, probierte Big Bad Boy auf gut Glück ein paar Zahlenkombinationen am Schloss, wenig überraschend ohne Erfolg, was ihn zunehmend frustrierte.

«Was würdest du eigentlich mit Fünfzigtausend tun, Fredi?», fragte er, um einen scheuen Blick in die Zukunft zu werfen. Sie hatten während des Anmarschs vereinbart, nicht mehr über die letzten Tage zu sprechen. Sich diese Verirrungen in Erinnerung zu rufen, das führte zu nichts. Vor allem Fredi hatte darauf bestanden, was geschehen war, geschehen sein zu lassen.

«Allerhand», sagte Fredi. «Reisen, mal in einem Hotel übernachten. Zum Beispiel nach Mallorca, soll ja ein echter Geheimtipp sein. Und dann mal etwas anderes trinken als Bier.» Er sah wenig liebevoll, ja beinahe verächtlich auf das Glas in seiner Hand. «Mal einen White Russian, oder ein Kamikaze oder ein Gummibärchen …»

«Aber du hast doch am liebsten Bier?», unterbrach ihn Big Bad Boy.

«Bier?» Er kippte den letzten Drittel des Cardinals in seinen Bauch. «Es ist halt Bier. Und es kostet nicht viel.»

Die Cardinal-Brauerei, einstiges Freiburger Heiligtum. Heute stand da, wo zu Spitzenzeiten über hundert kräftige Männer dafür schufteten, den ganzen Kanton mit Bier zu versorgen, nur noch das Museum, das an die goldenen Zeiten der einheimischen Braukunst erinnerte. Und das grosse Kaminrohr, das nutzlos emporragte. Die noch nicht abgerissenen Hallen und Räume brauchte man bereits anderweitig. So lief das eben in der globalen Welt. Die Kleinen gerieten in die Hände der Grossen, und dann hatte man nichts mehr zu sagen.

«Ich bin froh, dass es nicht geklappt hat», sagte Fredi nachdenklich.

«Wie bitte?»

«Die Übernahme durch die Russin. Das wäre nicht gut gekommen.»

«Aber das war doch alles nur ein Vorwand!»

Er hatte recht. Fredi hatte seine Rolle als verantwortungsvoller Clubpräsident eben ernst genommen.

Big Bad Boy ging kopfschüttelnd auf die Toilette, den Koffer nahm er mit. Fredi wollte noch ein Bier bestellen, liess es nach kurzer Bedenkzeit aber sein. Mal hier, mal dort auf ein Bier verzichten, dachte er, dann lag auch mal ein White Russian drin. Er nahm sich vor, ein paar Dinge in seinem Leben zu ändern.

Als Big Bad Boy zurückkam, fragte Fredi ihn nach der Reise, die er letzten Sommer unternommen hatte.

«Wo wart ihr eigentlich?»

«In Davos.»

Davos. Landluft und Berge. Da gehörte doch ein Big Bad Boy nicht hin. Abgesehen davon – warum ausgerechnet Davos? Fredi verband mit dem Bündner Kurort vor allem den HC Davos. Schweizer Rekordmeister mit einunddreissig Titeln. Es war unangenehm, an diese schwindelerregende Anzahl Titel zu denken. Es machte die Meisterschaft und das ganze Leben drumherum lächerlich, alles wurde surreal. Manchmal dachte Fredi, dass nur ein Gottéron-Fan wirklich verstand, was es bedeutete, Meister zu werden. Weil er eben noch nie Meister geworden war.

«Ach, Fredi. Eine Woche Davos, und du bist ein neuer Mensch», schwärmte Big Bad Boy. Und dann sah er verträumt ins Leere, ja man hätte auch sagen können: Verliebt.

Fredi hatte sich Big Bad Boy noch nie in irgendeine Frauengeschichte verwickelt vorgestellt. Das passte nicht zu ihm. In Fredis Augen hatte Big Bad Boy die Phase, in der man Liebe für Mädchenkram hielt, nie hinter sich gelassen. Und jetzt funkelten plötzlich Herzen in seinen Augen. Aber gerade in Liebesdingen konnte sich gerade Fredi auch irren.

«Wie konntet ihr euch das überhaupt leisten?»

«Jetzt tu nicht immer so erstaunt, wenn ich mal ein bisschen Geld hab!»

Fredi vergass immer wieder, mit welch tüchtigem Genius er die Ehre hatte. Er fragte ihn weiter nach *seinen* Plänen mit dem eventuellen Geldregen.

«Sparen», sagte Big Bad Boy.

Das ganze Theater für irgendeine Statistik auf der Bank? «Das ist jetzt nicht dein Ernst, oder?», fragte Fredi verständnislos.

«Du kannst schon reden. Meine ganzen Ersparnisse aus der Garage sind diese Woche draufgegangen.»

«Wirklich?»

«Der Konferenzsaal. Das Hotel. Das Taxi. Die Dekoration. Deine neue Frisur. Das war nicht billig.»

Darüber hatte Fredi gar nie nachgedacht.

«Und wofür willst du denn Geld auf der Seite haben?»

«Wofür man eben so spart.» Big Bad Boy senkte verlegen seinen Blick. «Ich möchte mal ein kleines Haus bauen, Fredi. Einen Garten haben, ein Auto und eine Familie. Ist das denn zu viel verlangt?»

«Du träumst also davon, ein Spiesser zu werden?»

«Nenn es wie du willst. Wahrscheinlich hab ich nicht mal das Zeug zum Spiesser.»

Big Bad Boy drohte wieder in seine melancholische Phase abzugleiten. Wenn Fredi jetzt keinen weinerlichen Waschlappen neben sich haben wollte, musste er etwas unternehmen.

«Du hast echt was auf dem Kasten, Big Bad Boy», sagte Fredi eindringlich. «Ich meine, die Reden, die du da gehalten hast. Die waren zum Teil ziemlich ausgefeilt.»

«Die hab ich ja nicht mal selber geschrieben.»

«Was? Wer dann?»

«Ein orthodoxer Theologe aus dem Kloster. Schwänzt mit fadenscheinigen Ausreden die Morgenmesse und macht sich heimlich hinter den Altarwein. Schien mir ein guter Typ zu sein.»

Fredi lächelte. Dann riss er seinen Kumpel mit einem Klaps auf den Oberarm aus seinem kleinen Loch und sagte: «Komm, packen wir's an!»

Sie verliessen das Museum und gingen ein paar Schritte über das einstige Brauereiareal, bis sich vor ihren Füssen ein handliches, aber doch mit einiger Durchschlagskraft ausgestattetes Betonstück präsentierte. Offenbar ein ehemaliger Teil eines dem Abbruch zum Opfer gefallenen Brauereigemäuers. In einem plötzlichen Energieanfall schnappte sich Big Bad Boy das Betonstück und hieb es drei Mal mit voller Kraft auf den Koffer ein. Doch der Koffer blieb Koffer.

«Es hat keinen Sinn», sagte Big Bad Boy entmutigt. «Es ist russischer Stahl.»

Fredi war die traurige Szene ans Herz gegangen. Wenn auch ein Verrückter mit einem Betonstück in der Hand nichts ausrichten konnte, dann brauchte es gröberes Geschütz. Dann musste man dem russischen Stahl halt die westeuropäische Schwerkraft entgegensetzen.

Die Brust voller Tatendrang eilten sie an den Bahnhof und nahmen den Bus ins Burgquartier. Während der Fahrt konnten sie kurz durchatmen und ein wenig in sich gehen, denn beiden war bewusst: In ein paar Minuten war man hunderttausend Franken reicher oder nicht. Big Bad Boy klemmte den Koffer, der ein paar Kratzspuren aufwies, zwischen die Beine und hielt den Griff fest in der Hand. In Bussen waren Diebe bekanntlich zu Hause.

Jetzt konnte sich einmal zeigen, wozu die Errungenschaften des Christentums wirklich in der Lage waren. Und ob ein Gotteshaus jene helfende Hand sein konnte, wie es ihre Prediger immer behaupteten.

Die Rollen waren, basierend auf dem Fitnesszustand der beiden, rasch verteilt. Big Bad Boy sollte auf die Plattform der 75 Meter hohen Kathedrale hochsteigen und von da den Koffer wie ein Meteorit auf die Erde einschlagen lassen. Fredi würde unten warten und die befreiten Geldbündel sofort an sich nehmen.

«Du musst aufpassen, dass du weder Autos noch Leute triffst», ermahnte Fredi.

Doch Big Bad Boy war so begeistert von der Idee, er hörte gar nicht mehr richtig zu und rannte mit dem Koffer in Richtung Eingang der Kathedrale.

Ob das gutging? Viel schiefgehen konnte eigentlich nicht. Big Bad Boy hatte ja lediglich die Aufgabe, etwas kaputtzumachen, das sollte schon hinzukriegen sein. Fredi setzte sich auf eine Bank neben einen sprudelnden mittelalterlichen Brunnen und wartete, bis Big Bad Boy die 365 Stufen der Kathedrale hochgestiegen war.

Als er sich unbeobachtet fühlte, hob er Pullover und T-Shirt an, wühlte an der Stelle, an der sich darunter das Herz befand, in seinen Brusthaaren herum und fand bald eine Tätowierung in Form eines zirka einen Zentimeter langen Strichs. Ob die Tätowierung so schon fertig war oder ob er sie noch ausbauen lassen wollte, wusste er noch nicht. Es hatte schon verdammt wehgetan, also tendierte er dazu, die Tätowierung als in sich stimmiges Werk zu betrachten. Er hatte sich ja Inga selbst auf seiner Brust gewünscht, nun bestand Inga halt nur aus einem Strich, der jedoch das Potenzial künstlerischer Leerstellen voll ausschöpfte. Der Strich konnte ein Haar von ihr sein, ein Teil ihres Halses oder ihrer Wade, ja eigentlich alles. Das Beste aber war, dass Inga persönlich ihn gemacht hatte.

Fredi erschrak, als sein Handy klingelte, und zog sich rasch T-Shirt und Pullover über den Bauch. Am Apparat war Big Bad Boy.

«Ich bin …» Lautes Keuchen. «Ich … bin oben!»

Ziemlich clever, fand Fredi, dass Big Bad Boy ihn anrief, anstelle aus 75 Metern Höhe herunterzuschreien und damit alle Aufmerksamkeit auf sich zu ziehen. Fredi entfernte sich ein wenig von der Kathedrale, bis der Winkel es erlaubte, hoch auf die Plattform zu sehen. Zuerst war da nichts, doch dann erschien er. Eine kleine, gottähnliche Figur zwischen den Zacken der Krone, die den Abschluss der Kathedrale bildete.

«Bist du noch dran?», fragte Fredi.

«Ja … Ich bin bereit!»

«Ich seh dich!»

«Ich seh dich auch!»

«Warte noch!»

Man wartete, bis ein Bus die Strasse passiert hatte. Bis eine Frau, die aus dem nahen Kiosk kam, um die Ecke verschwunden war. Bis sich keine Menschenseele mehr im Umkreis der Kathedrale befand – nur noch Big Bad Boy auf Höhe des Himmels und Fredi unten vor dem Jüngsten Gericht beim Eingangsportal. Er schmiegte sich an die Mauer des gegenüberliegenden Gebäudes und gab das Zeichen zum Abwurf.

Und dann wollten die Sekunden nicht vergehen. Big Bad Boy, wie er den Koffer zuerst auf die Umfassung der Plattform legte. Ihn dann mit beiden Händen in die Luft anhob. Ihn endlich von sich warf. Wie der Koffer in die Tiefe fiel. Sich in der Luft drehte ...

Der Koffer zersprang auf dem kleinen Vorplatz der Kathedrale in tausend Teile. Umgangssprachlich jedenfalls, in Wahrheit waren es etwa fünf oder sieben Teile. Und zuerst dachte Fredi, dass das ganze herabgefallene Geschoss ausschliesslich aus diesen fünf oder sieben Teilen bestanden hatte, mit anderen Worten also, dass der Koffer völlig leer gewesen war. Dann erst, nach einigen bangen Augenblicken entdeckte er unter den Trümmern des Koffers einen glänzenden, geschmeidigen, toten Fisch, bei dem es sich, wenn Fredi sich nicht täuschte, um eine Forelle handelte, eine Forelle aus den Fischteichen im Galterntal vielleicht, auf denen vor knapp acht Jahrzehnten ein wichtiges Kapitel Eishockeygeschichte geschrieben worden war.

Fredi trug den Fisch mit Fassung. Dann beschränkte er halt die Reiserei auf gelegentliche Besuche von Auswärtsspielen, dann legte er sich halt nächsten Sommer mal an den künstlichen Freiburger Strand, dann trank er halt weiterhin Bier.

Bei Big Bad Boy hingegen herrschte Endzeitstimmung. Seine grenzenlose Enttäuschung vermischte sich zudem mit apokalyptischen Visionen, mit paranoiden Befürchtungen.

«Die bringt uns um», stammelte er. «Die hat Killer auf diesen Kunz angesetzt, die wird auch Killer auf uns ansetzen, dieses verrückte Weib!»

«Das glaube ich nicht», versuchte Fredi ihn zu beruhigen.

«Ach Fredi, warum solltest du irgendeine Ahnung davon haben. Du kennst sie nicht!»

«Besser als du.»

«Pah! Wie solltest du sie besser kennen als ich!»

«Glaub mir, Big Bad Boy. Ich habe eine gute Menschenkenntnis.»

«Es tut mir leid, Fredi.» Dann sank er auf dem Trottoir in sich zusammen.

Big Bad Boy am Boden. Eine Entschuldigung. Dazu Tränen in den Augen. Endlich verhielt er sich mit einer Bescheidenheit, die seinem Tun und Sein entsprach.

Fredi sagte erst einmal nichts mehr. Es hatte etwas Ergreifendes, einen Mann, der sich Big Bad Boy nannte, so zerrüttet zu sehen. Der Anblick liess alle Arroganz vergessen, die er bis dahin ausgestrahlt hatte.

Und dann, etwas unerwartet, zeigte Big Bad Boy auch in der Stunde der Niederlage wahre Grösse.

«Ende, aus, vorbei. Ich hab's erneut vermasselt, Fredi. Wie kann ich das alles nur gutmachen?», sagte er mit schwacher Stimme.

«Es ist gut, Big Bad Boy. Jetzt steh schon auf.»

Big Bad Boy rappelte sich hoch, wankend wie ein Geschöpf, das eben gelernt hatte zu gehen. Als er sicher stand, ging er auf Fredi zu, der war für einen

Moment auf alles gefasst, doch Big Bad Boy legte ihm schliesslich nur die Hand auf die Schulter, sah ihm traurig in die Augen und fragte: «Möchtest du einmal in einem Hotel schlafen? Das hast du dir doch gewünscht, oder?»

Fredi zuckte zuerst gleichgültig mit den Schultern, überlegte kurz und sagte: «Na ja ... Doch, das wär schon was.»

«Gut», sagte Big Bad Boy mit einem Ansatz von Zufriedenheit. «Die Russin ist abgereist. Wir übernachten heute im NH Hotel.»

«Wir?», fragte Fredi.

Am Abend stand das Champions-League-Spiel gegen den amtierenden Titelhalter dieses Wettbewerbs, den schwedischen Vertreter Luleå HF, auf dem Programm. Fredi schritt eine halbe Stunde vor Anpfiff durch die Katakomben des Stadions und begegnete dort einem Bekannten. Es war Fridolin Burger, ein leicht dümmlicher, einfältiger Typ aus der Unterstadt.

«Wirst sehen, fünf Niederlagen in Serie, dann fliegt Zenhäusern, dann kommt Bykow», sagte er fachmännisch.

Fünf Niederlagen in Serie. Wie Fredi diese Pessimisten hasste. Besonders verabscheute er «Wirst sehen»-Sätze, mit denen dann der Misserfolg prophezeit wurde. Was zum Teufel wollten Pessimisten eigentlich? Verlierer sein, mit der Genugtuung, dies schon immer gewusst zu haben? Gewinner sein, mit der Gewissheit, keine Ahnung gehabt zu haben? Beides schien Fredi nicht besonders erstrebenswert zu sein. Wenn man die

Sache Schritt für Schritt analysierte, konnte man ziemlich leicht beweisen, dass Pessimisten Idioten waren.

Die Vorhersage, Gottéron werde in der kommenden Saison erneut nicht Meister, erfreute sich indessen auch in der eigenen Anhängerschaft hartnäckiger Beliebtheit – kein Wunder, bei bisher hundertprozentiger Trefferquote. Damit konnten sich eben auch die grössten Pessimistenidioten jahrzehntelang als Experten aufspielen, ohne nur einmal richtig auf die Schnauze zu fallen. Oh, wie sehr Fredi ihnen den Titel wünschte, der ihnen ihre Beschränktheit aufzeigte!

«Wenns nicht läuft», antwortete Fredi der Koryphäe Fridolin Burger, «würde ich den Präsidenten wechseln.»

Er wusste nicht, warum er das sagte. Es war auf jeden Fall mal etwas anderes, fernab der ausgetretenen Forderung, den Trainer zu ersetzen oder Spieler zu transferieren.

«Ja», sagte Fridolin Burger, aber mehr sagte er dazu nicht. Fredi wusste auch genau warum. Weil er nämlich keinen Schimmer davon hatte, was an der Vereinsspitze so ablief. Weil er sich noch nie vorgestellt hatte, was es bedeutete, Präsident des HC Freiburg Gottéron zu sein.

«Wir werden sehen», sagte Fredi zum Abschied, und Fridolin Burger zeigte sich überrascht, dass Fredi auf den Eingang für den Sitzplatzsektor zuhielt.

«Du gehst hierlang?», fragte er.

«Ja», sagte Fredi.

«Was ist denn mit dir los?» Fridolin musterte ihn skeptisch.

«Man spielt jetzt eben in einer anderen Liga.»
Und Fredi begab sich kaltschnäuzig in seinen Sektor und setzte sich auf Platz Nummer 88.

Gottéron gewann das Spiel mit 4:3. Aber ein Sieg in der Champions League – wozu? Die Champions League im Eishockey war nicht das, was sie im Fussball war. Im Eishockey war sie ein seltsames Turnier. So konnte Gottéron nach einer schauderhaften Saison in der nationalen Meisterschaft trotzdem daran teilnehmen, nicht dabei waren hingegen die Mannschaften aus der KHL, die zu Europas besten gehörten. Da die ZSC Lions die Champions League einmal gewonnen hatten, spielte man als Freiburger ihren Wert sowieso gerne herunter. Und schliesslich war Gottéron nach drei Niederlagen in den ersten drei Spielen bereits vorzeitig ausgeschieden.

Es hätte noch ein Ehrenspiel werden können, ein reines Kräftemessen, losgelöst vom Turnier und dem Sammeln von Punkten, ein Duell, während dem sich der Gegner zum Feind entwickelte. Aber auch das kam nicht zustande, jedenfalls nicht aus Sicht von Fredi. Er hatte nichts gegen Schweden, das waren ruhige Menschen, die gute Musik machten und tolle Regale bauten. Wie also sollte man da grosse Emotionen aufbauen? Es bereitete eben tatsächlich mehr Spass, den EHC Biel zu besiegen als den amtierenden Champions-League-Sieger. Das nannte man wohl Schweizer Kleingeist.

Den zumindest konnte man Big Bad Boy nicht unterstellen, mit seiner Vision hatte er sich weit über die eigene Gartenhecke hinausgelehnt. Eine Russin herbestellen, um ihr einen Club zu verkaufen, den man nicht besass: Das war im Grunde – na ja, genial konnte man dann wohl doch nicht sagen, man musste vorsichtig sein mit Superlativen –, aber irgendwie schon spektakulär.

Nach Spielende schritt Fredi vom Stadion auf direktem Weg in Richtung NH Hotel. Die Nächte waren kühler geworden, der Gottéron-Schal um den Hals gab ihm eine Wärme, die das kalte Bier, von dem er gelegentlich einen Schluck nahm, wieder zunichtemachte. Dafür gab es Schäle ja. Damit man in kühlen Nächten kaltes Bier ertrug. Und wenn man im Gehen Bier trank, bremste der Schal auf Höhe des Halses auch gleich noch die Tropfen, die einem das Kinn runterrannen, und die Unterlippe konnte man sich dann auch gleich mit dem Schal abwischen. Ein Schal war ein echter Allrounder.

Über den Fussweg entlang der Bahngleise näherte sich Fredi dem Stadtzentrum. Was er in dieser Woche nicht alles gelaufen war, dachte er sich, zumindest was sein Bewegungspensum anging, war Big Bad Boys Projekt ein voller Erfolg gewesen. Er war ja nicht mehr zwanzig, und wenn man nicht arbeitete und viel trank, dann war Bewegung umso wertvoller. Er nahm einen Schluck, daraufhin war der Schal gefragt, und dann sagte er sich, dass er es jetzt doch nicht übertreiben sollte mit dem Rühmen von Big Bad Boys Projekt. Soeben hatte er sich wohl etwas zu sehr von Schwarzmalern wie Fridolin Burger abheben wollen. Fast genial, ziemlich spektakulär, ein voller Erfolg, das war doch alles Schwachsinn. Das war Schönrednerei, das war etwa gleich unaufrichtig wie die Prognosen der Pessimisten. Man hatte hunderttausend Franken gewollt und stattdessen einen toten Fisch bekommen, so sah es aus, und das sah bitter aus.

Fredis Laune besserte sich, als er sah, dass die Hotelbar noch offen war. Wenn schon eine Nacht im Hotel, dachte er, dann nicht ohne einen Schlummertrunk an der Hotelbar. Zuerst musste er sich aber wohl oder übel nach Big Bad Boy erkundigen. Einmal war dann auch genug mit Big Bad Boy, aber er hatte ihm immerhin eine Nacht im Hotel geschenkt, und das war, seine beschissenen Projekte hin, sein anstrengender Charakter her, doch eine ganz höfische Geste.

Er nahm den Lift in den obersten Stock und steuerte auf die Hotelsuite zu, deren Bekanntschaft er schon gemacht hatte, und er war ganz froh, dass Big Bad Boy davon keine Kenntnis besass, das hätte eine Szene gegeben, die keinem Spass bereitet hätte.

Die Tür war unverschlossen, Fredi trat ein. Es war dunkel in der Suite, nur durch das Fenster fiel das Licht des Mondes und der Stadt. Er suchte, mit der Hand der Wand entlanggleitend, den Lichtschalter, als er bemerkte, dass Big Bad Boy bereits im Bett lag und schlief. Sofort brach er die Suche nach dem Lichtschalter ab. Es gab keinen Grund, ihn zu wecken. Fredi zog sich sein auf die neue Saison hin erworbenes Mauldin-Trikot und den Schal aus, man musste ja nicht unbedingt als Eishockeyfan an die Hotelbar gehen, das war nicht der Ort, so schien ihm, um Eintracht zu schmieden oder

Rivalitäten zu schüren. Er wollte einfach in Ruhe ein Bier trinken.

Bevor er ging, schlich er ans Fenster und blickte über die mit glitzernden Lichtern gesprenkelte Stadt. Die wunderbare Aussicht auf den Schönberg, die Alpengasse, das Burgquartier, die Unterstadt, dazu drang aus einer nahen Disco dumpf «La Isla Bonita» – Fredi wurde richtig wohl ums Herz. Und Big Bad Boy schlief und die Hotelbar war noch offen. Die Welt war eben nicht nur schrecklich und böse. Manchmal war sie gross und bezaubernd.

An der Hotelbar erwartete Fredi eine echte Überraschung. Am Halbrund der Theke, gebaut aus irgendeinem Edelholz, hatte inzwischen ein Gast Platz genommen. Er trug einen gewiss sündhaft teuren dunklen Zweiteiler und hatte ein Getränk vor sich stehen, wie es nur Leute tranken, die vor der Bestellung keinen Blick auf die Preisliste zu werfen brauchten.

Fredi blieb abrupt stehen, zögerte, aber nur kurz, dann begab er sich wie geplant an die Bar und setzte sich auf den Barhocker, der ihr am nächsten stand.

Ohne aufzusehen nahm sie den Drink in ihre gepflegte Hand, einen Whiskey vielleicht oder einen Brandy, führte ihn langsam an die dezent gefärbten Lippen, neigte das Glas und stellte es zurück auf die Theke.

«Ich muss gestehen», sagte sie mit tiefer Stimme, «dass ich über den Inhalt des Rucksacks überrascht war.»

Obwohl sie noch keinen Blick in seine Richtung geworfen hatte, hatte sie ihn erkannt. Und dann besass sie die Coolness, zuerst genüsslich einen Schluck zu nehmen, bevor sie grusslos das Wort an ihn richtete. Sie war und blieb eine Frau mit Klasse.

«Wir auch», sagte Fredi. «Darüber, was wir im Koffer fanden, meine ich.»

Er sah, dass sie den Mund leicht verzog, es konnte ein Lächeln sein, aber es sah nicht nach Schadenfreude aus, eher nach Verwunderung.

«Ihr habt ihn aufgebracht?»

«Mhm.» Fredi nickte ernst, das hatte er von Big Bad Boy gelernt.

Die Bar, rustikal und doch elegant mit ihren Holzsäulen und vor Spiegelglas aufgereihten Spirituosen, gefiel Fredi. Noch ein paar Rauchkringel in der Luft, eine Pokerkarte hier und ein Revolver dort, und schon hätte man sich im Chicago der Zwanzigerjahre befinden können.

«Ich schlage vor», sagte sie, «dass wir zum Sie zurückkehren. Ich finde, wir sollten uns wieder mit etwas mehr Respekt behandeln. So wie damals in der Badewanne.»

Fredi mochte nicht dagegen protestieren.

«Herr ... Soll ich Sie wieder Herr Volet nennen?»

Auch dagegen nicht.

«Gut. Herr Volet, was trinken Sie? Ich lade Sie ein.»

Fredi nahm ihr den Fisch schon beinahe nicht mehr übel. Überhaupt war Gram, wenn man sich einmal alles durch den Kopf gehen liess, wohl fehl am Platz. Man hatte sie in eine Intrige zu verwickeln versucht, und dabei nicht bemerkt, dass sie einen schon längst in ihre eigene Intrige verwickelt hatte. Beide Parteien hatten versucht, den Gegner zu täuschen. Das nannte man Sport.

«Ich hätte gern einen White Russian.»

«Sehr gerne. Eine schöne Wahl.»

Sie bestellte für Fredi das gewünschte Getränk, dann erkundigte sie sich interessiert nach seinem Kollegen.

«Schläft schon», sagte Fredi und grinste. «Er hatte heute übrigens Angst, dass Sie uns umbringen wollen.»

Das schien sie zu belustigen. In Fredis heiteren Ton einstimmend fragte sie ihn: «Und Sie, Herr Volet, hatten Sie keine Angst vor mir?»

«Ach wo», winkte er ab, und er vermisste Anzug und Krawatte, jetzt da sie ihn wieder wie einen Edelmann behandelte.

«Nun, Herr Volet. Umbringen möchte ich Sie nicht gerade. Aber ich könnte da einiges mit Ihnen anstellen.» Ihre schalkhaften Falten um den Mund verschwanden.

«Mit mir anstellen?»

«Keine Angst. Nichts Schmerzhaftes.» Gemächlich nahm sie wieder einen Schluck, als ob sie demonstrieren wollte, dass sie Macht über andere besass, und dass sie genau dann zur Sache kam, wann es ihr beliebte. Endlich fuhr sie fort: «Aber ich könnte zum Beispiel Fotos von Ihnen veröffentlichen. Fotos, wie Sie bäuchlings auf meinem Bett liegen. Bekleidet nur mit einem HC-Davos-Badetuch.»

Fredi hielt die Luft an. «Sie haben mich fotografiert?»

«Es war ein schöner Anblick. Und damit meine ich vor allem das Badetuch, das Sie um die Hüfte trugen.»

Sie lächelte, und Fredi interpretierte dies dahingehend, dass sie gerade zu Scherzen aufgelegt war. «Sie wollen mich doch bloss wieder auf den Arm nehmen, Sie Schelmin», sagte er kumpelhaft.

«Ich bin eine Russin», sagte sie ernst.

Hatte sie das nicht schon einmal gesagt? Fredi konnte sich nicht mehr genau an die Situation erinnern, aber ihm schien, dass sie ihrer Nation anschliessend keine Ehre erwiesen hatte.

Der ansonsten dezent im Hintergrund agierende Barmann stellte Fredi den White Russian hin, ein beschlagenes Glas, dessen Inhalt an ein Guinness erinnerte, die untere Hälfte dunkel, garniert mit einer dicken Schicht Schaum, darin schwammen Eiswürfel und ein schwarzer Trinkhalm. Obwohl Fredi sich den Drink ein wenig anders vorgestellt hatte, war die Vorfreude gross. Er bedankte sich bei der Spenderin und stiess mit ihr an, wobei sie ihm zum ersten Mal, seit sie nebeneinander an der Bar sassen, in die Augen sah, die grosse Russin namens Swetlana Zenowa.

Der White Russian erwies sich leider als Enttäuschung.

«Ist da Milch drin?», fragte Fredi nach dem ersten Schluck angewidert.

«Sie wollten doch einen White Russian?»

«Ich bin allergisch auf Milch.»

«Und was kriegen Sie davon?»

«Schlechte Laune.»

«Wenn Sie sich beschweren wollen, müssen Sie ihn aber selber bezahlen», warnte ihn Swetlana Zenowa.

Fredi haderte mit dem Schicksal. Da hätte er für einmal jeden Drink der Welt haben können, und dann entschied er sich ausgerechnet für diesen alkoholischen

Milchshake. Er betrachtete den White Russian als eine Art Loblied auf Bier.

«Ist ja gut», beschwichtigte Fredi sie, denn auf keinen Fall wollte er für dieses Zeug Geld ausgeben. «Aber muss ich das jetzt trinken?»

Sie warf ihm einen strafenden Blick zu und nahm einen weiteren Schluck ihres Whiskeys oder Brandys. Es schmerzte Fredi, jemandem beim Trinken zusehen zu müssen, während er selber nur mit einem ungeniessbaren Getränk ausgestattet war.

«Ich möchte auf das grausige Objekt zurückkommen, das ich im Rucksack fand», sagte sie, jetzt wieder ohne Blickkontakt. Anerkennend fügte sie hinzu: «Herr Volet, ich habe Sie unterschätzt. Hat er sehr gelitten?»

«Als wir ihm den Finger abgeschnitten haben?», fragte Fredi skeptisch.

«Wann denn sonst?»

Fredi nickte bedeutungsvoll und sagte: «Er hat geweint wie ein Fussballer.»

«Mein Gott.» Sie hielt sich bestürzt die Hand vor den Mund, dann griff sie hastig nach dem Glas und trank. Nicht so genüsslich wie zuvor, dieser Schluck war pure Medizin.

Die Reaktion verwirrte Fredi ein bisschen. Den Kopf hatte sie verlangt, und dann erschütterte sie ein Finger.

«Haben wir etwas falsch gemacht?», fragte er.

«Was Sie gemacht haben», sagte sie und neigte nachdenklich den Kopf, «war, so glaube ich, genau das Richtige.»

Jetzt erinnerte er sich wieder, auf welche Frage sie mit der trockenen Aussage geantwortet hatte, sie sei eine Russin. Mit dieser Antwort hatte sie Big Bad Boy abgekanzelt, als der sich erlaubt hatte, die hunderttausend Franken im Koffer in Frage zu stellen. Ein wenig beunruhigend. Fredi hoffte, dass die russische Auffassung von Humor zum Beispiel der Art war, dass man einem Gottéron-Fan vorgab, er habe während einer Massage ein HC-Davos-Badetuch um die Hüfte getragen, derweil es in Wahrheit einfach ein blankes weisses Handtuch war.

«Was hat Ihnen dieser Kunz eigentlich angetan?», wollte Fredi noch wissen.

«Ach. Dieser Hundsfott!»

Eine schöne Bezeichnung, fand er, die aus dem Munde einer Russin umso bemerkenswerter war. Schon nach einer Viertelstunde bei Kunz war man in etwa zum gleichen Ergebnis gekommen.

«Das haben wir uns auch gedacht», sagte Fredi.

«Ich arbeitete mein halbes Leben lang in einem Wellness und Spa Hotel in Davos», sagte sie nicht ohne Stolz.

«In Davos?», unterbrach Fredi sie verwundert. Die Häufigkeit, mit der man dieser Tage über den Ort sprach, wurde allmählich etwas verdächtig.

«In jungen Jahren als Masseurin. Dann als Putzkraft. Und zuletzt im Büro. Meine Rente ist klein, so gab es wenigstens noch ein paar Batzen dazu.»

«Putzkraft?», unterbrach Fredi sie fassungslos, «kleine Rente?»

Swetlana Zenowa fuhr unbeirrt fort: «Letzten Sommer allerdings waren zwei besondere Exemplare bei uns zu Gast. Sieben Tage lang haben sie wie Könige gelebt. Die Köche, die Kellner, die Masseurinnen haben ihnen jeden Wunsch erfüllt. Kurz vor ihrer geplanten Abreise aber waren sie plötzlich verschwunden. Weg, über alle Berge. Und erst da bemerkten wir: Sie hatten sich unter den Namen Hans Meier und Max Muster registriert.»

Swetlana Zenowa war immer noch hörbar erbost. Und Fredi dachte nach.

«Die Schuld an diesem Unglück wurde mir allein in die Schuhe geschoben, dabei hatte ich ja nur die Buchungen bearbeitet. Noch am gleichen Tag wurde ich gefeuert. Es sei nun endlich Zeit, mich zur Ruhe zu setzen, heuchelten sie. Ich aber schwor mir, die beiden Schweinehunde zu finden.»

Fredi dachte nach.

«Ich besass von den beiden nur zwei Informationen. Vom einen hörte ich, dass er Gottéron-Fan ist und auf Sitzplatz Nummer 88 sitzt. Vom anderen hatte ich eine E-Mail-Adresse. bbb@irgendwas.»

«Mein Gott», sagte Atheist Fredi.

«Genau.»

«Er ist und bleibt ein Idiot.»

Das war nun noch einmal ein krachender Check in die Bande. Die millionenschwere Oligarchin war in Wahrheit eine pensionierte Putzfrau. Kein Erdöl, kein Reichtum, kein Interesse an Gottéron, kein Owetschkin auf der Yacht, keine Yacht, kein einziges wahres Wort. Sie hatte es von Anfang an auf Big Bad Boy abgesehen. Und auch auf Kunz natürlich, obwohl der erst später ins Spiel kam. Fredi brauchte eine Weile, um die Angelegenheit in neuem Licht zu betrachten.

«Hielten Sie mich etwa zuerst für Kunz?», fragte er verwirrt.

Sie schüttelte den Kopf. «Am ersten Tag machte ich ein Foto von euch beiden. Wollen Sie mal sehen?»

«Lieber nicht.»

«Eine Masseurin erkannte auf dem Foto einen der beiden Betrüger», sagte sie mit sichtlicher Genugtuung, und fügte wie ein abgebrühter Profi hinzu: «Noch fehlte also der Gottéron-Anhänger mit Sitzplatz 88.»

Fredi war nach dem Check in die Bande noch immer etwas benommen. Doch allmählich erhielt er eine leise Ahnung von den unermesslichen Weiten Russlands und seiner komplizierten Politik. Offenbar war man Opfer eines raffinierten Racheplans geworden. Er würde die Ereignisse, ihre präzise Reihenfolge und Konsequenzen dann einmal in Ruhe studieren müssen, am besten zu Hause vor dem ausgeschalteten Fernseher.

«Weshalb ich eigentlich noch einmal gekommen bin», redete sie bereits wieder weiter, und wenn jetzt noch mehr kam, dachte Fredi, dann hätte er ganz gerne auch ein Getränk gehabt, eines aber, das er mochte, derweil hörte er: «Ich wollte mich bei Ihnen, Herr Volet, für meinen schäbigen Lohn entschuldigen.»

«Easy», sagte er, «machen Sie nur.»

«Wie jetzt?»

«Sie könnten mir als Entschuldigung auch so einen Whiskey oder Brandy bestellen, wie Sie da haben.»

Sie überlegte kurz, dann willigte sie ein und bestellte einen Cognac.

«Ich habe allerdings noch mehr für Sie vorgesehen», kündigte sie anschliessend an.

Sie griff nach ihrer Handtasche, kramte darin und zog eine Karte heraus, die sie auf die Theke legte und

Fredi zuschob. Es war eine Stehplatzkarte für den Saisonstart, HC Davos gegen HC Freiburg Gottéron, am 11. September 2015 in Davos. Fredis Herz begann höher zu schlagen.

«Dank Ihnen, Herr Präsident, habe ich wieder zu meinem inneren Frieden gefunden. Innerer Frieden ist wichtig. Ich kann mir vorstellen, dass Ihr Innenleben nach diesen Tagen auch etwas durcheinandergeraten ist. Deshalb lade ich Sie», und dabei deutete sie mit dem Kopf auf die Stehplatzkarte, «zu mir ins Bündnerland ein. Inklusive Matchbesuch.»

«Gratis?», fragte Fredi skeptisch.

«Ich lade Sie ein, habe ich gesagt», sagte sie tadelnd, offenbar gekränkt über seine Auslegung ihrer Grosszügigkeit.

Fredi wusste nicht, wie viel Vertrauen er dieser ausgekochten Dame noch entgegenbringen sollte. Der komplette Umsturz der Dinge überforderte ihn.

«Also», drängte sie ihn, «sind Sie dabei?»

Eine Reise ins Bündnerland inklusive Matchbesuch. Das war allemal besser als ein stinkender Fisch. Er überlegte, was er davon erwarten konnte.

«Werden Sie mich wieder massieren?», fragte er.

Die Frage schien ihr zu schmeicheln. «Ich bin jetzt im Ruhestand», winkte sie ab, um gleich vielversprechend hinzuzufügen: «Doch meine Hände sind jung geblieben.»

Fredi schluckte und dachte gar nicht mehr an den Cognac, nach dem er sich vorhin noch gesehnt hatte. Davos war am Ende der Welt. Niemand würde davon erfahren.

«Ich schlage Ihnen auch vor, mal etwas gegen Ihren grossen Bauch zu tun. Meine beiden Enkel könnten Ihnen dabei helfen. Waren mal ausgezeichnete Kugelstösser. Doch im Moment sitzen sie eine Dopingsperre ab und haben viel Zeit. Sie haben sie ja schon kennengelernt.»

«Igor und Iwan.»

«Ich bleibe dabei. Sie sind ein intelligenter Mann, Herr Volet.»

Fredi wurde den Eindruck nicht los, bei den eigenartigen Flausen der Swetlana Zenowa noch nicht ganz durchzublicken. Big Bad Boy und Kunz verbrachten ein paar Tage in einem Hotel, ohne dafür zu bezahlen. Das war doch mehr oder weniger ein Jugendstreich, der die Russin endlich von der Arbeit befreit hatte. Trotzdem hatte sie dafür erbarmungslos einen Toten gefordert. Kunz kam schliesslich mit dem Leben davon. Trotzdem war sie ganz entzückt. Und lud ihn als Belohnung nach Davos ein. Das entsprach doch keiner Logik.

«Das alles, weil sie einfach abgehauen sind?», fragte er kritisch. «Ich meine, den einen blamieren, das kann ich verstehen, aber den anderen gleich töten?»

«Na ja. Töten nicht gerade», sagte sie leise.

«Und warum engagierten Sie uns dann als Killer?»

«Eben weil ich ihn nicht unbedingt töten wollte.»

Routinemässig griff Fredi zum Glas, hob es an und stellte es wieder zurück, es war immer noch dieser unsägliche White Russian. Um keine gänzlich unnötige Armbewegung gemacht zu haben, steckte er die Stehplatzkarte ein.

«Sie waren sich also sicher», fragte er erstaunt, «dass wir ihn nicht töten werden?»

Sie lächelte. «Dass der eine seinen Kollegen nicht umbringt, davon ging ich mal aus. Blieben noch Sie. Ach, Herr Volet … Ich will Sie nicht beleidigen. Aber ein Mann, der in Unterwäsche zu einer alten Frau in die Badewanne steigt, ist mit Sicherheit kein Killer, finden Sie nicht?»

«In unserem Fall war das so, ja.»

Fredi sah dem Barmann zu, wie er die Flasche Cognac zurück ins Regal stellte.

«Eine alte Frau allerdings, die einen fremden Mann zu sich in die Badewanne bittet», sagte sie – und am Gewicht ihrer Worte ahnte Fredi, dass jetzt etwas Grosses kam, irgendetwas, das er nicht verstand und womit er nicht rechnete –, «die könnte doch zu vielem bereit sein, oder? Könnte sie sogar eine Killerin sein?»

«Eine Killerin?»

«Ihr Kollege …» Und wieder eine lange Pause. Die Welt drehte sich um sie. Sie bestimmte das Tempo der Zeit. «Hat der vorhin wirklich geschlafen? Hat er sich noch bewegt?»

«Wie meinen Sie das?»

«Nur so», sagte sie ganz unschuldig, aber als sie ihn ansah, mit einem skrupellosen, selbstsüchtigen, grössenwahnsinnigen Glanz in den Augen, ging ein eiskalter Schub durch Fredis Körper.

Big Bad Boy hatte vorhin vor allem reglos im Bett gelegen.

«Geht das wieder auf die Rechnung, Frau Muster?», fragte der Barmann, als er endlich mit dem verdammten Cognac kam, doch Fredi sprang schockiert vom Barhocker, setzte seine vor Schreck ganz starren Beine in Bewegung und rannte wie in Trance durch die Lounge der Hotelbar. «Ich freue mich auf Ihren Besuch!», rief ihm diese schreckliche Frau noch hinterher, aber er schenkte ihr keine Beachtung mehr, er dachte nur noch an seinen besten Freund Big Bad Boy, zitterte beim Gedanken, dass er sich vorhin neben dessen Leiche umgezogen hatte.

Nach Atem ringend, die Achselhöhlen voller Angstschweiss, liess er sich vom Aufzug mit viel zu langsamer Geschwindigkeit nach oben fahren, mit dem stetig wachsenden Bewusstsein, dass hinterhältige Spiele mit Russen immer tödlich endeten. Oh, wie mächtig der Russe war! Und wie schwach und schutzlos dagegen der kleine Mann aus dem Schönberg. Bevor Fredi schwarz vor Augen wurde, hielt der Lift an, und er rannte, so schnell wie seit Kindstagen nicht mehr, durch den Hotelflur, erreichte endlich das Zimmer, stürzte in die Dunkelheit und rief, sich verhaspelnd: «Big Bad Boy! Bid Bag Boy!»

Es folgte der unangefochtene Höhepunkt der Woche. In der Stille hörte man ein Nuscheln unter der Bettdecke, ein lautes Ausatmen, das Züge eines Schnarchens besass, eine schlaftrunkene Stimme: «Fredi? ... Was ist?»

«Nichts», sagte Fredi und legte sich ins Bett neben Big Bad Boy. «Ich habe geträumt.»

Und kaum waren seine Worte verklungen, hörte man vom Nachbarbett her schon wieder ein zartes, liebevolles Schnarchen.

Big Bad Boy schlief. Die Welt war gross und bezaubernd. Beinahe hätte Fredi ihn auf die Stirn geküsst, so gross war die Erleichterung, ihn unversehrt vorzufinden. Doch das konnte er bei Gott nicht bringen, zumindest diesen kleinen Triumph wollte er Swetlana Zenowa verweigern. Aber da sich die eine Hälfte von Big Bad Boys Oberkörper an der Kälte befand, deckte er ihn wenigstens richtig zu, diesen Freundschaftsdienst konnte er problemlos mit sich vereinbaren.

Das, dachte Fredi später ruhig im Bett liegend, war also russischer Humor.

Nach den jüngsten Erfahrungen war nicht davon auszugehen, dass Big Bad Boy sein vernichtendes Urteil über den Russen radikal überarbeiten würde. In Kenntnis der ganzen Geschichte fand Fredi das ständige Herumhacken auf dem Russen aber unfair. Die Woche hatte, um es im Jargon von Big Bad Boy zu sagen, vielmehr eine andere Annahme bestätigt: Der Berner ist dumm. Aber Fredi wollte aufhören, dies zu verurteilen. Eigentlich war er ganz gerne mit dummen Bernern zusammen. An ihnen konnte man wachsen.

Leise stand er noch einmal auf, schnappte sich eine Dose Bier aus der Minibar und legte sich wieder hin. Endlich, dachte er, als er den Verschluss zischend öffnete.

Ein Optimist, und zu denen gehörte Fredi wohl, hätte nach diesen ereignisreichen Tagen ein durchwegs positives Fazit gezogen: Freiburg blieb eine freie Gemeinde und wurde nicht zur Slawa-Bykow-Stadt unter Putins Fuchtel. Die Geschichte des HC Freiburg Gottéron nahm ihren Lauf, ein achtundsiebzig Jahre andauerndes Abenteuer ging weiter, ohne dass globale Spekulanten ihre gierigen Finger im Spiel hatten – wenn man mal ob des Machtanspruchs der Kantonalbank ein Auge zudrückte. Kunz und Big Bad Boy waren nach ihrem Schmarotzerakt mit dem Schrecken davongekommen. Dennoch hatte Swetlana Zenowa ihren Seelenfrieden gefunden. Der grosse Sieger der Woche aber, der Mann der Stunde, hiess zweifellos Fredi Egger. Seine grosse Liebe hatte nach drei Jahren Funkstille wieder einmal das Wort an ihn gerichtet und sich auf seinem Herzen verewigt. Er befand sich gerade zum zweiten Mal überhaupt in der Suite eines Hotels und würde hier eine geruhsame Nacht verbringen. Bald würde er seinen Bart zurückbekommen. Und in zwei Wochen stand das erste Spiel der Eishockeysaison auf dem Programm, für das er bereits ein Ticket in der Tasche hatte. Er war eben schon ein Pionier der modernen Kriminalität, ein Künstler auf dem Gebiet des Müssiggangs, eine Lichtgestalt des freien und zufriedenen Lebens.

David Bielmann als Pierre Paillasse
Gastspiel (IV)

«Eine äußerst kurzweilige Geschichte, gar nicht nur für Eishockeyfans!»
Manuela Hofstätter, Lesefieber

WOA Verlag | 2013
→ Erhältlich im Buchhandel

David Bielmann als Pierre Paillasse
Liga der Mörder (I – III)

«Hoch- und tiefgehende Eishockey-Emotionen in einem witzigen Krimi mit einer ordentlichen Prise Sarkasmus!»
Benjamin Plüss

WOA Verlag | 2013
→ Erhältlich bei david.bielmann@gmail.com

David Bielmann
Flucht eines Toten

«Sehr originell, eine spannende Odyssee.»
Luzia Stettler, SRF

WOA Verlag | 2011
→ Erhältlich bei david.bielmann@gmail.com

David Bielmann
Freedom Bar

«Ein oft sehr komischer Roman,
der vor Leben nur so kracht.»
Wolfgang Bortlik, 20 Minuten

ISBN 978-3-9524523-4-9
304 Seiten | Hardcover mit Schutzumschlag
Riverfield Verlag | 2016

→ Erhältlich im Buchhandel